文芸社セレクション

鬼の萬年堂奇譚

～ヤスケと栄～

守宮 槐

MORIMIYA Enju

文芸社

目次

鬼の萬年堂奇譚

~ヤスケと栄~

一　ヤスケあらわる

時は、西暦一八一二年、江戸時代も残り五十年ちょっとという頃のこと。やけに犬が鳴く、夏も終わらんとする昼下がり、江戸は深川亀久町に、一風変わった大男が出現した。縮れぎみの蓬髪を頭のてっぺんで束ね、浅黒い肌に、大雑把な造作の目鼻立ち。役者が着るような派手な羽織の下には、お店の番頭が着る定番の唐山織を着流している。江戸の人間には見えず、かといって地方から出稼ぎに来た田舎者とも見えなかった。

異形の男は、愉快そうにあたりを見回して言った。

「へえ、こりゃまた結構活気があっていい所じゃないか。オレの目当ての品物と人間は、この辺りに住んでいるらしいが、まずは落ち着ける場所を探すとしよう」

そして、懐から一冊の本を取り出して頁をめくった。

「ふむ、この時代の便利屋にあたる店は、口入屋というらしいな。人足の請負、仕事の斡旋、住まいの紹介などなどをしてくれる。よし、ここに行ってみよう」

そうと決まればと、男は、口入屋藤兵衛と看板を掲げた一軒の大きな店の前までやってきた。チラと、店番の番頭が男を見る。その顔には、でかくて黒くて毛深いヤツだなという台詞が浮かんでいた。

「すまないけどね、この辺に絵師葛飾北斎先生のお住まいがあるそうなんだが、教えてもらえないだろうか。それと、その近くで、オレ一人が住むことのできる家を紹介してほしいんだが」

男の言葉に、番頭は首を傾げた。

「葛飾北斎？　この辺の絵師なら、戴斗先生というのはいますけどね」

「？　…」

男は、先程の本を開いて、何やら書き込みを読んでいたが、

「ああ、そうかそうか。名前をころころ変えるんだよな、北斎は。熱鉄、天狗堂、画狂人、と。この頃は元北斎戴斗だったっけ。ごめんごめん、合ってるよ。その戴斗先生のお住まいとオレの住まいを紹介してくれ」と言い直した。

番頭は奥に引っ込んで、代わって店の主らしき太った男が出てきた。

「藤兵衛と申します」と、一応客に対する挨拶をした後、ざっくばらんな口調になって、

「今この界隈で空いている長屋の部屋は、あることはあるけどね。まさしくその北斎先生んちの隣だよ。店賃も安いし、そこそこ広い。だけど少々難あり物件だよ。とにかくそのお隣さんが変わり者ときているんで、仮にあんたが気に入っても、隣があんたを気に入らなかったらそれまでなんだよ。大家さんよりもそっちが問題だ」

藤兵衛は、「なあ、お栄ちゃん」と、店先に向かって声をかけた。見ると、打ち水がまだ乾いていない軒先の陰に、十一、二歳と思しき少女が立っていて、こちらのやり取りを聞いていた。着古した黄八丈の筒袖仕立ての着物に木綿の三尺帯。団子に結った髪にはなんと絵筆をかんざし代わりに挿している、一風変わった少女であった。

少女は、藤兵衛の呼びかけに答えもせずに、プイッとそっぽを向いて駆けていってしまった。

藤兵衛は、苦笑して言った。

「いつもながら愛想も可愛げもない娘だよ。あれが、お前さんが探している北斎先生の末娘のお栄ちゃんだ。二親が別住まいでね、母親んちもこの近くにあるのだけれど、父親んちに入り浸りさ。父親は、絵を描くために長屋を転々としていて、女の子の躾なんざ考えたこともないお人だから、他人様の子ながら行く末が心配だよ」

そして、「夜昼の区別なんざねえ。掃除もしねえ、料理もしねえ、ひたすら絵を描くことしか考えていねえ。絵の鬼だよ。まともな人間なら、とても隣に住みたいとは思わないだろうが」と、言いつつ、じろじろと男の風体を眺めてから、

「まあ、お前さんなら大丈夫かねえ」

男は、皮肉を言われたと気づいたのかどうか、ハハハと笑って言うことには、

「絵の鬼、か。上等上等。鬼なら俺も、心当たりがないこともない。

うん、いいね。とてもいい」

とりあえず、現地を見て来るよと断って、簡単な道順の図を描いて貰い、口入屋を後にした。人間の中にいる「鬼」とやらを早く見てみたかった。少し行ったところで、男は背後に声をかけた。

「おい、お栄ちゃんとやら。どうせついてくるなら、先に立って案内してくれよ」

先刻の少女が建物の陰から現れて、男に近づくといきなり言った。

「ねえ、おじちゃん。おじちゃんは人間じゃないんじゃないの？」

男は驚いた。唐突にこんなことを言われるとは思っていなかった。

「やれやれ、本当に躾のなっていない娘だな。おじちゃんじゃなくてお兄さんだろ。それに、人間じゃないなら何だってんだ？」

「何だろう？　妖かしの匂いがする。だけど、なんで妖かしが真昼間からお江戸をう

ろついているんだろう。あのね、あたいは妖かしを見ることができるんだよ。皆はあたいのことを嘘つきっていうけどね」

男は思った。この子は日頃から放ったらかされて育っているに違いない、と。そういう子供は、他人の気を引きたくて、とんでもない法螺《ほら》を吹いたりするものだ。そして、唯一付き合いのある友の言葉を思い出した。友はこう言ったのだった。

「人界で商売相手を探すなら、周りから浮いている変わり者にしろ」と。

じゃあ、この娘なんかは適任者だろうけれど、さすがにまだ幼過ぎる。トシのわりには大人びてはいる様子だけれど、やはり親父の北斎に会うのが先決だ。

男の胸の内を知ってか知らずか、栄は男の横に並んで歩き出した。

「ね、あんたが妖かしなら、あたいが飼ってあげてもいいよ」

これは男にとって、初めての反応であった。男が妖かしであることを、何でもないことのように言い放ち、騒ぎもしないし怖がりもしない。ましてや飼ってやるとはいい度胸だな。町中でなければ、取って食われても仕方ないとは思わないのか。

「よくわかったな。実はオレは鬼なんだよ」

「やっぱりね」

「怖くないのか？　図体はでかいし、力も強い。髪で隠しているけど、ちゃんとツノだってあるんだぜ」

「そうなんだ。でも、あたいは大抵のことはどうでもいいもの。あたいはね、おとっつぁんと同じで、絵さえ描いていられれば、他のことはどうでもいいんだよ」

ごく自然に話す小娘の態度に、鬼が化けた男は、拍子抜けする思いだった。おかしな娘だなあと思った。

亀久町から本所に向かって、隅田川の流れを逆に北上すると、商家が途切れ、田畑と人家が点在してきて、その一角に、こじんまりとした古い長屋が建っていた。一棟に五軒ほどが居並ぶ中で、明らかに異彩を放っている一軒があった。まさにその家へ、「おとっつぁん、ただいま」と、栄は勢いよく飛び込んでいった。

外から見ると、竈を設えた土間があって、上がり框の先には三畳ほどの小部屋、その隣は普通六畳間のところを、長屋としては珍しい八畳ほどの広めの、部屋がある。一応屏風などで囲ってはいるが、ほぼほぼ外との境がない、実に開放的な造りであった。あとはよくわからなかった。そして中からは、鬼もたじたじとなるほどの気迫が漏れ出て来ていた。気迫の塊は、無精ひげを生やした初老の男の姿から発せられていた。多くの雅号と住居とを転々と渡り歩く絵師葛飾北斎その人は、散乱する紙の中で、筆を手にして宙を睨んでいた。

「チッ、今日はダメだな」

突然舌打ちをして、北斎は筆を放り投げた。

「おい、お栄。その辺の紙の山を片付けろ。お前の描いたもんは全部俺の真似じゃないか。無駄紙ばかり増やしてないで、もっと手習いを頑張らんかい」

八つ当たりのように娘に小言をいきなり言ったが、栄も負けてはいなかった。

「手習いなんて、それこそ時間の無駄だよ、おとっつぁん。字なんざ読めりゃいいんだからさ。それよりもさ、こいつ見てよ。鬼なんだよ。うちの隣に住まわせてもいいかい？」

北斎は、そこで初めて男をちらりと見た。男は、慌てて二人の会話に割って入った。

「いやいや、お嬢さんをちょいとからかっただけなんですよ。オレはヤスケといって、ただの商売人です。江戸で商売をするにあたって、住まいを探していまして」

北斎は、ほう、そうかいと、煙草盆に手を伸ばした。

「商売って、何を扱ってるんだい。絵を描くのにいいものなんかはあるかい？」

「もちろんお望みならなんでも持ってきますよ。この世にないものでも、オレが手に入れようとしたら、何でも用意できますから」

北斎は、にやりと笑って煙草を吹かした。

「ほおお、確かにヒトではないみたいなことを言うねえ」

栄が言った。

「だっておとっつぁん、こいつ鬼だもの。銭カネじゃ手に入らないものだってくれるんだよ。こいつに頼めば、おとっつぁんが満足する絵の具も手に入るかもしれない」

北斎は、「お前はよぉ、しょうのねえ絵馬鹿に育っちまったなあ」と、栄を見て苦笑した。

「このおとっつぁんはな、人様に、いや鬼様か。とにかく、誰ぞに頼って描くような絵は持ち合わせていないんだよ」

そこで、ヤスケはすかさず未来の絵の具なるものを北斎に見せた。

「こんなものなんか如何でしょうかね？」

この時代にはない、鮮やかな化学薬品を使った絵の具を、栄に水を持ってきてもらって、北斎の目の前で溶いてみせた。ほお、という溜め息が、二人の口から洩れた。

「こりゃ、見事な色だなあ。鬼の妖力かい？　たいしたもんだ。だけどよ」

「俺には無用だよ」

北斎は、にべもなく言い切った。

「綺麗な色だ。だけど、軽いし浅いな。俺は、精魂こめて描いた俺の絵に、こいつを塗りたいとは思えないんだ。だけどまあ、こういうものを挨拶代わりに持ってくるってことはお前さんは鬼なのかもしれないねえ。まあ、お前さんが人間でも妖かしでも、どっちでも構わないが、厄介事だけはごめんだよ。大家からすれば、面倒な店子は、うちだけで沢山だろうからな」

「それじゃ、隣に引っ越してくることは承知してくれるのですね？」

「おう、いいよ。珍しく、栄がお前さんに懐いているみたいだしな」

そんなわけで、ヤスケは早速口入屋の藤兵衛を介して大家への入居を申し入れ、翌日からこの長屋に住むこととなった。大家に店賃を、一年分まとめて払ったのが功を奏したのだろう。大急ぎで部屋の掃除をして、近所に手拭いを配って歩き、ようやく一息ついた頃には日が傾きかけていたが、ヤスケは、とんとん拍子に進んだ自分の仕事ぶりに満足していた。そして、建付けの悪い引き戸の上に、小さな看板を掲げた。

〔　ヤスケ萬年堂　　よろず事請け負います　〕

隣からヤスケの様子を覗きにきたお栄が、よろず請負とは何だいと聞いてきた。

「よろず事だから、何でも請け負うのさ。探し物を見つけてきたり、珍しいものを売り買いしたり、たまに病気を治してやったり…。できることは何でもやる。と言っても、オレがその気になったときだけだけどな」

栄は、不思議そうな顔をした。唇を尖らせて小首を傾げるその仕草は、今日初めて見る子供らしい姿で、よくよく見ると意外と可愛らしい顔立ちであるのがわかった。

「あたい、商売なんかする妖かしは初めて見るよ」

「そうかい。まあ、長くいるつもりはないけど、せいぜいよろしく頼むよ。ほれ、お栄ちゃんには、手拭いよりもこれが良いだろう。引っ越しの挨拶だよ」

と、ヤスケは懐から何かを取り出した。

「珍しい絵の具だろ。チョークっていうんだ」

一通り仕入れている子供が喜びそうな品物の中から、絵を描くのに関係したものを選んだのだったが、栄はどう使うのかわからない様子で、ピンク色のチョークをいじくり回している。

「ほれ、貸してみな」と、ヤスケは、栄の手からチョークを受け取ると、板戸の表面に、ぐるぐると模様を引いた。そこだけに、薄赤い花が咲いたみたいになって、汚い板戸が場違いに華やかになった。

栄は、大きな目を見開いて言った。

「なにこれ？　絵の具なのかい？　本当にあたいにくれるの？」

そして、ヤスケの手からチョークをひったくると、「おとっつぁ～ん！」と叫びながら、隣に走っていって、すぐに戻ってきた。

「お礼を言うのを忘れてた。ありがとね、ヤスケさん。ああ、嬉しい」

　なになに、お安いものだよ。

『将を射んと欲すれば先ず馬を射よ』と言うからな。胸の中で思いながら、ヤスケは、あまりに栄が喜ぶものだから、明日は何をやろうかと考えてしまうのであった。

　三日も経つ内に、ヤスケは隣の生活ぶりが、いかに破天荒かを思い知った。例えば食事である。鬼のヤスケですら、簡単に肉や魚を炙るくらいするというのに、隣の竈が使われるのを見たことがなかった。辛うじて水がめの水は補充されているらしいのだが、食事の支度をするという発想自体がないらしく、いつも出前ものを持ってくる小僧が、入れ替わり立ち替わり出入りしていた。娘の栄がいて、それも十二歳ともなれば、いっぱしの飯くらい作れそうなものなのに、北斎はそんなことには全く関心がない様子で、毎日ひたすら部屋いっぱいの反故紙と絵の具に埋もれて、絵筆を振るっているのであった。

　その鬼気迫る勢いに、ヤスケも圧倒される思いであったが、ある日隣に出向いてみると珍しく北斎が一仕事終えたとみえて、機嫌よく煙管の掃除をしていた。話を切り出すなら今だ、とヤスケは思った。持参した酒を見せると、北斎の顔が綻んだ。

「おお、鬼さん、気がきくじゃないか」

床に散乱している食器類をざざっと押しのけ、北斎は素焼きの杯を手に取ると、額に巻いていた手拭いでゴシゴシ拭いてからヤスケに向き合った。

「ささっ、なみなみと注いでくんな」

一口含んで、「なんだ、こりゃあ、たまげたなあ」と言った。

そりゃあそうだろう。ショウワから持ってきた生粋の吟醸酒だもの。この時代の人間は、将軍様でも天子様でも口にすることは叶わないのだ。

それでやっと、北斎はヤスケが只者ではないと再認識したらしかった。

「なるほど、栄の言うこともたまには当たるのだな。あんたは妖かしで、俺らの想像もつかない物を調達してくれるというわけか。で、絵師に過ぎないこの俺に何をくれて何を望むんだい？　ほれ、もっともっと注いで！　ぐいっとさあ」

北斎が三杯目を飲み終わったときに、ヤスケは、本題を北斎に打ち明けた。

「この家の中に、オレが探している皿があるはずなんだ。オレはそいつの匂いを追って、遠くからはるばる探しに来たんだ」

「そんな御大層なものが、このあばら家にあるのかね。ほれ、こん中にあるなら、なんでも持っていきな」

北斎は、家中のゴミの中から、皿と呼べるものを探し出して、床にずらりと並べた。

この家の中では、皿はどちらかというと、食べ物を載せるよりも、絵を描くための絵の具皿として使われるため、絵の具がこびりついたものばかりだった。

ヤスケは、その中から、細かくヒビが入った素焼きに見える一皿を手にとった。

「その皿が欲しいだと？　まあいいさ。割れた皿には、うちは不自由していないからよ。美味い酒のお礼だよ」

北斎は気前よく言った。

「なんなら、他にも数枚やるよ。ちょうど片付けたかったところだからさ」

「いやいや、これだけで十分十分」

目当ての皿が手に入ったことにほっとしながら、ヤスケが表に出ると、血相を変えて走ってきた栄とぶつかった。お団子髪はぐちゃぐちゃで、いつも挿している筆のかんざしは落としたのかなくなっていた。鼻血の他に、いくつか顔に青い打撲痕まであった。

「どうしたんだ、お栄ちゃん」

ヤスケの問いに、栄は顔を背けて、無言で家に入っていってしまった。

子供のことだから、どこぞで喧嘩でもやらかしたのだろうと思ったが、一応あれでも女の子なのに、それも結構可愛らしいのに、困ったものだとヤスケはため息をつき、そう思う自分がどうかしていると思いながら自分の家に入った。

「それよりも、まずは商売商売、と」

どこにも出かけていくのを見かけた者がいないのに、その日から、ヤスケはふらりといなくなった。

二　ヤスケの仕事　昭和にて

ある日の深夜、派遣社員のWは仕事を終えて家路につこうとしていた。いつもの駅を降り、誰も待っていない安アパートの部屋に向かって歩きながら、何度こんな風にこの道を行き来したことだろうと考えていた。いつものコンビニで、いつものように遅い夕食にする弁当を買おうとしたが、その夜は、なんとなく食べる前から味が分かっている弁当を買う気になれなかった。それで、一晩くらい喰わんでも死なないだろうと呟きながら、缶ビールだけ買うことにした。店内には入らずに、店の横手に並んでいる自販機でビールを買うと、店の灯りが届かない暗がりに行って一気に飲み干した。

「ふうーっ、オレの人生で、楽しみといったらこのビールくらいだなあ」

　ぼやきつつ、Wは思った。だけど自分は、他の人間とは違うのだ、と。自分はこの時代にひしめいている人間達の中で、あいつに選ばれた唯一の人間なのだ。

　そうだ、Wの前にあいつが現れたのも、確かこんな夜だった。こんな風に夜中に飲んでいたら、あいつが空中からいきなり現れて、Wに商売の相棒にならないかと持ちかけてきたのだった。そして、なんとあいつは鬼だったのだ。Wはその時も酔っぱらっていたから、普通の判断力を失っていた。なので、たいして怖いとも思わずに、あいつの話に乗っかって、その時に持っていたボールペンを渡す代わりに、あいつからは古くさい茶器を渡された。それを骨董屋に持っていったら、嘘みたいな高値で売れた。それからも、何度かWは、その鬼と取引をした。こっちの世界のなんということもない品物を、鬼が持ってくる品物と交換して、こっちで売っては金に換えた。全然売れないこともあったけれど、大抵は、渡した品物よりも高値で売れて、鬼との取引は正直儲かった。鬼がやって来るのが楽しみなくらいだった。

　だけど、ここ二年以上、鬼はやってこなかった。鬼との取引で儲けた金は、何故か貯金しようとも思わないままに、なんとなく贅沢や遊びで使い果たしてしまった。今では、あれは全部夢だったような気がしていた。

「そうだよ、そういえば、ちょうどここであいつと遇ったんだった」

すると、店の裏手の暗がりに、ポツンと小さな漆黒の点が現れた。

「そう、ちょうどこんな感じだった」

黒い点は、みるみるうちに広がって、人一人通れるくらいの大きさの穴になった。

と、その穴から、

「よお、W、久しぶり」

鬼が、まるでついさっき別れたばかりのような顔で現れた。

「ええっ？　あんた、なんで？　俺がここにいるってわかったの？」

Wは、己の行動や心理までが、鬼に見透かされているようで、今夜はちょっとこの鬼が薄気味悪いと感じた。

鬼は、相変わらず頭の悪そうなヤツだなと思って苦笑した。

「取引相手の波長くらい、簡単に辿れるさ。元気なようで何よりだ」

「いやあ、あんたに儲けさせてもらったのに、いまだにこんな冴えなくて、恥ずかしい限りですよ」

「いやいや、流石オレが見込んだ人間だ。ちょっとやそっと環境が変わっても、そんなことで変わりはしないところが、オレには都合がいいのさ」

「そうですか？　よくわからないけどまあいいや。で、今日は何のご用で？」

鬼は、懐からメモ用紙を取り出してWに手渡した。

「今回の発注リストですね。ええと、クレヨン、スケッチブック、キャンディ…と。なんだか子供っぽいチョイスだなあ。カップラーメン百箱ってのは、醤油味でいいんですね？　味噌と塩味も混ぜた方はいい？　了解っす。あとは、何かありますか？」

「これを修理してくれ。お前は、オレの渡した書画骨董で、骨董屋に伝手があるだろう。金接ぎの得意な職人を紹介してもらって、こいつを見栄えよくして貰いたいんだ」

「うわ、なんすか、これ。きったない割れ欠けの皿じゃないすか」

「大事なんだよ。いいか、酔っ払って割ったり失くしたりしたら、タダでは置かないからね。ほれ、揃えて欲しい品物の代金だ。お前さんへの報酬もはずむから、きちんと責任をもって働くんだぞ。出来た頃にまた来るからな」

「わかってます、わかってますって。あー、よかった。これで来月の家賃の心配しなくて済んだあ」

Wは、ほくほく顔で、鬼から渡された皿を大事に抱え込むと、夜の道を歩き出した。

三　ヤスケの仕事　ムロマチにて

「ムロマチに来るのは久しぶりだなあ」

　都を遠く見渡せる北山の斜面に寝転がって、ヤスケは鼻を膨らませて空気を吸い込んでいた。エドの町屋の空気は、活気があって嫌いではないが、人間共の汗や涙の匂いがどこにでもつきまとってきて、皆懸命に生きているのだなあ、などと考えると、なんだかわけもなく切なくなってきてしまうのだった。それに比べると、ムロマチは良かった。ちょっと山を下ると都があって、そこには人間独特の世俗臭が満ちていたが、まだまだ規模は小さくて、エドのような爆発的な勢いはなく済んでいる。ヤスケのような妖かし達も、そこでは伸び伸びと跋扈《ばっこ》していられるのだった。この時代には、ヤスケ達は当たり前のように人間に存在が認められていて、当たり前のように畏れられ、恐れられ、受け入れられていたのであった。

　やがて、ヤスケはむっくり起き上がり、山の頂上近くにある滝を目指して歩き始めた。草木が競うように成長し、繁茂する初夏のこととあって、一足ごとに土と草の匂いが辺りに満ちた。滝についたヤスケは、落下する数千もの水の槍の底、滝つぼに向かって声を発した。

ウウオオ、ウオーオイ
どうどうという水音に混ざって、遠吠えのような声は、山にこだました。しばらくすると、滝つぼの平らな水面が盛り上がり、中からこの滝の主である河童の子が姿を現した。ヤスケを見て手を振った。

「また来たよ。親父さんの具合はどうだい？」

ヤスケの問いに、子河童は顔を曇らせて、

「駄目だよ、山鬼の兄ちゃん。水から出たらじきに干乾びるってんで、ずっと水の底に引き込まっている。どんどん元気がなくなって、好きな胡瓜しか受け付けなくなった」

目に涙を浮かべて言うのだった・

そこで、ヤスケは、持ってきた北斎の家の絵の具皿を、子河童の目の前に投げてやった。大層見事に金接ぎがされていて、だれもそれを河童の皿とは思うまいという皿を――。

「ほれ、ちょいと時間がかかったが、それが親父さんが甲羅干し中に失くした頭の皿だよ。時と場所を流れ流れて、見つけた時には割れ欠けていたんで、ちょいと細工をしたんだが、親父さんの気に入るかどうか、早く持っていって聞いてみな」

小河童は、信じられないという表情になった。

「すごいや。兄ちゃんに俺が相談したのは、たったの三日前だったよ。父ちゃんが甲羅干しをしている間に、頭から外して木にかけておいた頭の皿を、トンビが咥えて持っていってしまったって。こんなに早く見つけてくれるなんて……」

ヤスケは笑って答えた。

「それが、萬年堂の萬年堂たる所以さ。お前にはとってはたったの三日でも、オレにかかったら…。まあ、いいから持っていってみな」

子河童は、不思議そうな顔をしつつも、金接ぎ皿を手に取ると、水底深く潜っていった。ぼこぼこぼこっと泡が立つ……。

と、まもなく、また水面が盛り上がり、今度は大きくて皺だらけの親河童が、金接ぎ皿を頭に載せて浮かび上がってきた。親河童は、ヤスケを見ると、両手を擦り合わせて何度もお辞儀をして言った。

「大事な大事な皿を見つけてきてくれて、なんと礼を言えばよいのか。しかも、こんな立派な金細工までしてくれて」

ヤスケは笑った。

「気に入ってくれてよかったよ。ちょいと派手になってしまったが、他の河童らよりぐっと格が上がったぜ」

「いやいや、仮にどれほど歪になっても、この皿でないとオレの力が出ないのだ。よく見つけてくれた。これはほんのお礼だ。受け取ってくれ」

親河童は、背中に背負っていた魚篭を、岸辺に置いた。ヤスケが水藻の絡まった魚篭を覗き込むと、中には川魚がびっしりと入っていた。

「おお、こりゃ美味そうだ」

ヤスケは、一気に十匹ほどを丸呑みしてから、残りを北斎に届けてやろうと思いついた。亀沢町は日本橋が近いから、魚河岸から海の魚は食膳に上がってくる。隅田川もあるから一応淡水魚も口には入る。それでも、イワナやアユといった川魚を、新鮮なうちに食べることはあまりなかろう。日頃から出前ばかりでまともな食事をしていないお栄は、きっと喜んで食べるだろう、と、ヤスケは思った。そして、その顔を想像する自分の口元が緩んでいるのは何故だろうとも思うのだった。

四　妖かし仲間タマ

魚を携えてヤスケは、エドに戻ってきた。時空を自由に行き来できる特別な鬼であるヤスケは、時間や場所の移動は何の苦にもならないのだった。時は彼にとって一方通行ではなく、場所の移動も、多少の下調べは必要だったが、物理的な制約を殆ど受けなかった。だから誰にも知られることもなく、空間に開けた穴から、ヤスケは長屋の自分の部屋に帰ってきたのだった。深夜のようで、前回ヤスケが出かけてから、少しだけ時間が経っていた。と、その時――。ヤスケは奇妙な気配を部屋の隅に感じて振り向いた。

ミィヤーゴオ。ゴロゴロゴロゴロ……。

そこには巨大な猫がいた。キジネコというのか、サバネコというのか、茶・灰・黒・白が複雑に混ざった毛色の猫だ。尾は根元から綺麗に二つに分かれていた。

「へえ、化け猫は久しぶりに見るねえ。言っとくが、ここはオレの家だぜ。化け猫が勝手に出入りするんじゃねーよ」

ヤスケがすごんでみせても、化け猫は全く意に介していない様子だった。

「お栄ちゃんに断わってあるよ。アタシは、お前さんより前から住み着いているんだよ。アタシはタマっていうんだ。あんた、アタシに借りがあるんだよ」

化け猫のタマは、ヤスケが持っている魚篭の中をチラチラと見て言った。

「借り？」

「そう。アタシの皿を持っていってしまっただろ？　お栄ちゃんは、アタシがたまに人間の食い物を欲しがるときは、いつも、あんたが持っていっちまった皿に、猫まんまを載せて食わせてくれていたんだよ」

「ははは、参ったな。お前、河童の皿で猫まんまを食っていたのか」

「河童の皿？　ニャハハ、そうだったのかい。道理で出汁がよく出ていると思った」

ヤスケは、タマが危害を及ぼすような妖かしではないと思えたので、普通の皿にイワナを二匹載っけて勧めた。

「あらいいねえ、川魚は久しぶりだよ」

タマは、二又の尾っぽを振りながら、イワナにかぶりついた。そして、食いながら、栄との出会いを話し出した。

「アタシは野良猫だった。その日その日を食っていくことに夢中で生きてきた。いろんな場所に行って、いろんな人間に出会ったよ。たまには優しい人間もいたけど、大抵はアタシを見ると棒を持って追い払う人間ばかりだった。そうやって生きていって、やがてはどこかでひっそり死んでいくのだと思ってた。だけど、それは甘かったんだよ。

ある頃から、アタシは何故か年をとらないことに気がついてしまったのさ。仲間の猫達は、病気になったり怪我をしたり、どんどん死んでいくのに、アタシはそうはならなかった。怪我をしても、舐めていればじきに治っちまうんだ。これはもう、化け猫になるしかないと思った時は悲しかったねえ。だって、アタシだけが取り残されちまう運命なんだから。運よく飼い主に巡り合っても、数年もしたら不審がられて、どんなに居心地良い場所も長居はできない。あたしの最初の飼い主は、惨めにさ迷っていたアタシを拾い上げてくれて、十五年も可愛がってくれた。その子の嫁入りが決まった時に、アタシは黙って家を出てきたのだけど、飼い主が泣きながらアタシを探している声が聞こえてさ、切なかったよ。あれがアタシの一番幸せだった時代さ。アタシは、妖かしになんか、これっぽっちもなりたくなんかなかったんだ。

でも、もうその時には、尻尾が先の方から裂けてきていたから、普通の猫のフリをするのも限界だった。かといって、ちゃんとした化け猫の技も会得していないとなると、どっちつかずのままで隠れ住むしかないじゃないか。それも、いつ果てるかしれないんだよ。だったら、ちゃんとした化け猫になって、妖かしの世界に居場所を見つけるしかないって、アタシも開き直ったんだよ。アタシは化け猫の先輩のところに行って、一人前の化け猫になりたいって弟子入りを頼み込んだ」

そこでタマは言葉を切って、ヤスケに空になった皿を指さした。ああ、追加しろということだな、と、ヤスケは今度はヤマメを三匹載せてやった。

タマは、ベロリと舌なめずりして、ヤマメを頬張りながら話を続けた。

「で、先輩の下で修業をしてね、二百年ほど経った頃には、尻尾も綺麗に割れたし、一通りの妖かし術も身についたんで、なんとか化け猫としてやってこられたってわけ」

「妖かしになるのに修行なんかするのか？　オレは気がついたら、もう鬼だったぜ」

「生まれた時から妖かしなのと、後から妖かしになるのと、両方あるんだよ。アタシみたいな化け猫や、付喪神なんぞは、たまたま妖かしになる条件が揃ってしまったのさ。

化け猫は大変だよ。猫は気紛れだからね、日ノ本に棲んでいる化け猫諸先輩は、なかなか新しい化け猫の誕生を認めてくれないのさ。それなりの技を身につけなけりゃ、喰われてしまうことだってある」

　そりゃ大変だ、とヤスケは思った。自分も同族とはそりが合わずに辛いこともあったけれど、喰われる心配はなかったからな。猫は残酷なのだな。

「で、お栄と遇ったのはいつからだい？」

　ヤスケが問うと、タマはヤマメも平らげて、「酒はにゃいのかい？」と、聞いた。

「喉を湿らせないと、続きが話せないよ」

「ほれよ」

　安酒を適当な器に入れてやると、

「ありがとよ」と、ゴロゴロ喉を鳴らして飲んだ。

「あの子と遇ったのは、ほんの五年前さ。あの子はその頃から放ったらかしで育っていたんだよ。あの子の母親は、まだろくでもない亭主を見放していなかったから、あの子に構っている暇がなかったんだ。だからあの子はいつも一人で遊んでいたよ。なんとなく、アタシの昔の飼い主に似ていると思って、ある日物陰から見ていたら、あの子もアタシの方をじいっと見ていた。お前妖かしなのって、聞いてきたのさ。そうだよ、怖いだろって言ったら、怖くないから、あたいと遊んでってね。変わった子だよ。何して遊ぶ？　って、からかったつもりだったけど、紙と墨を持ってきて、アタシを描き始めたのさ。それがなかなか上手でねえ。しかも、アタシのことを、こっちが名乗りもしないのに、タマって呼んでくれたんだよ。とっくに忘れたはずのアタシの名前をさ。まあ、よくある名前なんだけど、アタシには特別な名前なんだよにゃあ」

ヤスケには、その時のタマの気持ちがよくわかった。

「ああ、名前を呼ばれるのはいいものだよなあ。そこいら中の猫の中で、お前はただ一匹の特別な猫になれる。オレもヤスケになってからは、自分のことをヤスケとして見るようになったものなあ」

「あんたのことなんかどうでもいいけどにゃ、とにかくそれからアタシは、時々やってきてはあの子を見ているのさ。あんたも、あの子におかしな真似をしたら、只ではおかないからね」

と、凄んでみせたが、口の周りにいっぱい魚の食べかすをつけていては、今ひとつ迫力がなかった。

ヤスケは、それはこっちの台詞だと思いながら、タマに言った。

「その魚、残りは魚篭《びく》ごとお前さんにやるよ。もともとお前さんの飯皿の代金だったんだから。その代わりといってはなんだが、これからもあの子をよろしく頼むよ。タチの悪そうな男が寄ってきたりしたら、追っ払ってやってくれ」

「まさに、あんたがそうだにゃあ」

タマは、目玉をギロリとさせて、ヤスケの申し出を快諾したのだった。

五　取引相手

翌日、ヤスケは栄を見かけて声をかけた。

「よお、昨夜タマに会ったぜ。お前が妖かしを見ることができるってのは本当だったんだな」

栄は、ふうんと言ったきり、気のない様子で棒切れで道端に絵を描いていた。

ヤスケは、自分でもお節介だと思いながらも、

「妖かしってのは、大抵が人間に害を為すものだと思っていた方がいいぜ。下手に関わらない方がいいんだよ。タマやオレは、たまたま変わり者の妖かしだったから良かっただけなんだぞ」と、警告した。

栄の耳に届いたかどうかはわからなかった。何故なら、栄はこう言ったのだ。

「あのさ、そんなことよりも、こないだのアレ、ちょおくていう奴、あれまだある？」

「ああ、今は持っていないがあるよ。こないだのはもう使っちまったのか」

栄は、悔しそうに下を向いた。

「三枡屋の悪ガキに盗られちゃった。まだ半分しか使ってなかったのに、あっちは三人がかりでさ。あたいも殴ってやったけど、結局負けちゃった」

往来で、栄がチョークで絵を描いているところを、腕白数人に見つかって、大事なチョークを奪われたというのであった。それで先日見た時に、あんな姿だったのかと、ヤスケは合点がいった。

「そりゃ災難だったなあ。チョークなんかいくらでもやれるが、オレも一応商売人だから見返りなしというわけにはいかないぞ。代わりに何か貰えるなら別だが」

「おとっつぁんから、ヤスケがタマの皿を持っていったって聞いた。割れ欠けの皿でいいなら、まだうちには幾らでもあるよ」

「いやいや、もう皿はいいんだよ。それよりも、おとっつぁんの描いた絵が欲しいな。別にちゃんとした絵でなくてもいいんだ。反故《ほご》になった下書きとか、そういうのがいっぱいあるだろう？　どうせ捨ててしまうんだから、何枚か持ってきてくれると助かるんだが。絵一枚につき、チョーク五本でどうだい？」

ヤスケにしてみれば、これは良い儲け話なのだった。未来を知ることができるこの鬼は、二百年程先の時代に、北斎の絵がどれほど価値をもったものになるかが分かっていた。この時代には捨てられてしまう駄作だろうと、未来の人間はどれだけ有難がって欲しがるか知れたものじゃない。その時代ごとに起こった事実＝歴史というものを、できるだけ変えないことを信条としているヤスケであったが、北斎の作品が数点余計に残る程度のことであれば、歴史にさほど深刻な影響は与えないだろうし、己の商売にもなるのだから期待しながら栄の返事を待った。

ところが――。

「それはダメ！」

栄は即答した。きっと喜んで承知すると高をくっていたヤスケは、拍子抜けしてしまった。

「なんでだ？　どうせ捨てちまう絵なら、構わないだろう？」

栄は、ヤスケを睨みつけた。

「おとっつぁんが反故にしたんなら、それはおとっつぁんの気に入らなかった絵なんだ。人の目に触れさせたくない絵ってことなんだよ。だから、あたいがちょおくに釣られてそれを流したら、おとっつぁんの絵師としての誇りを売り飛ばすことになるんだ」

ヤスケは、幼いながらに一人前の絵師の矜持を持っている栄の気迫に押されてしまった。そして、鬼の自分が、ひとひねりで殺せるこんな小娘に、何をたじたじしているのかと、腹が立ってきた。

「なんだよ、おとっつぁん、おとっつぁんって。葛飾北斎が何様だよ。たかが絵師だろうが。お前達父娘を見ていると、バカじゃないかって思えてくるよ。絵を描くしか能がない。そりゃまあ、一応売れっ子らしいけど、その割には金も貯まらず貧乏長屋暮らしでさ。きっと一生こんな調子で暮らしていくんだろうな。可哀想にさあ」

すると、泣き出すかと思ったのに、栄は、ヤスケを憐れむようにフッと笑って、

「そうかもね。だけど、それのどこが可哀想なの？　おとっつぁんもあたいも、そういう一生ならちっとも悔いはないよ。え？　ふらふらしている妖かしのお兄さん」

と言い放った。大人のような物言いだった。

ヤスケは、痛い所を突かれた思いで、精一杯怖い顔をして、栄を睨んだ。栄はそれでも泣き出さず、冷笑で返してきた。なんて気の強い娘っ子だろう、ヤスケは、この場をどう収めたらよいだろうと、睨み続けながら考えた。結局、ヤスケの負けだった。

子供相手にムキになって、まるで自分がバカみたいだと思った。

「わかった。オレの負けだよ。この話は終わりだ。チョークも好きなだけやるよ」

「いらない。うまい事言って、あたいを丸め込もうとしているんだろ。もうヤスケとは口をきかない」

栄はヘソを曲げていた。ヤスケは、機嫌を取るのに必死になった。

「ごめんな、オレが言ったことなんか、みんな冗談だって。少しでも、お前の親父さんに金を稼いで欲しかったから、あんなことを言ったんだよ。お前だって、もう少し暮らし向きが楽なら、いい絵の具や紙が買えると思うことがあるだろう?」

栄は、顰めた眉を少し開いた。

「そりゃあ、お足は欲しいけど……」

「な? な? そうだろう。だから、オレの商売の手助けをして欲しかったんだよ。悪気はなかったんだ。そうだ、おとっつぁんの絵に関係することで稼ぐのが嫌なら、違うやり方もあるんだぜ。お前はまだ十二だけど、賢いからきっと儲かる。その話をしよう」

栄は、もうヤスケを睨んではいなかったけれど、まだ警戒はしているようだった。

「両国橋の手前に、茶店があったたな。小腹も空いたし、ちょっと行ってみようや。団子が美味いんだってさ。好きなだけ食っていいぞ」

栄の顔がようやく綻んだ。可愛いものだな、とヤスケは思った。年相応の笑顔のためなら、団子代なんぞ安いものだった。

お休み処の旗の下、甘い団子を頬張りながら、ヤスケは栄に商売の話をした。ヤスケが鬼だと知れているので、話は早かった。つまり、ヤスケは時空を自由に行き来できる妖力を持った妖かしで、本来は千年以上も前の時代を生きているのだということ。未来へも行けることから、様々な時代を行き来しては、その時代ならありふれていても、別の時代ならとても貴重になる品々をもたらすことで、利益を得ているのだということ。ただし、ヤスケ一人では困難なこともあるので、その時代ごとに人間の協力者を作っていること等。あと一つ、これは特に大切なのだが、既にかなり先まで人間の歴史というものが決まっているので、これを破壊するほど影響のありそうな品物の取引きは厳禁であること等々を、ヤスケは団子を食い食い、栄に説明をした。

「どうだ、オレはこのエドの終わりの時代でも、ひと商売したいんだ。お前さえよければ、明日見本を見せるから、協力してみてくれ」

「ふうん。いいよ、やってみる。ヤスケを信用してみる」

栄は、土産用の団子まで注文して上機嫌で言った。ヤスケは、内心『本当は、売れるとわかっている北斎の未発表の絵を手に入れたかったんだけどな。まあ、いいか』と、苦笑いするのであった。

　翌日、ヤスケは約束通り、栄に未来の品物を手渡した。ヘイセイまでちょいと出かけて仕入れてきたプラスチックの髪飾りを十個だ。造花を水中花のように閉じ込めた玉かんざしもあれば、ビーズをあしらった櫛もある。いずれも、ヘイセイのファンシーショップで、千円そこそこで買えるお手頃品だった。

　だけど、栄は目を丸くして、「ギヤマン？　これは珊瑚？　綺麗だねえ」と、驚いていた。面倒なので、「ああ、そうだってさ」と、適当に返事をした。

「これを、そうさなあ。五日以内に、安くても、ひとつ三百文で売れるかな？　それができたら、お前を商売の相棒にしてもいいぜ」

　百文は、ヘイセイの円に換算すると、千円とちょっとだ。この頃の一文は、ヘイセイの二十五円くらいだから、三百文なら七千五百円くらいになる。栄の小遣い稼ぎには手頃だろうと、ヤスケは考えた。しかし栄は、ギヤマンが、そんな安いわけがないと言い、ヤスケが悪事を働いているのではないかとまで疑ったので、未来ではギヤマンはそんなに高価ではないのだと説明して、なんとか納得して貰った。

「わかった。三百文より高く売れたら合格だね」

　このところちょっぴり元気がなかった栄だったが、かんざしを高く売って、ヤスケをびっくりさせてやるという目標ができたせいか、ぴょんぴょん跳びながら長屋に向かって駆け出した。竹皮に包んだ土産の団子と、商売道具のかんざしの包みを、しっかり小脇に抱え込んで——。転ぶなよ。見送るヤスケの目が柔らかかった。

　そして、それから三日後のこと。栄が、いきなりヤスケの家の戸を開けて入ってきた。得意げな顔であった。ヤスケは鬼なので、人間の押込み強盗なんぞが来ても怖くない。だから戸締りなどしたこともない。ただ、こうやって、いきなり押しかけてこられるのは困りものだと思った。まだ毛髪の中にツノも隠していなかったし、毛深い体も、褌一丁で丸見えだったから。

「ったく、なんだよ、朝っぱらから。本当に礼儀を知らない娘だな」

　ヤスケはぼやいたが、栄はそれを無視して手の平を見せて言った。

「へへ、ほら見ておくれよ。あたいの仕事っぷりをさ」

　手の平の上には、一分金が二枚、一朱金が八枚載っていた。エド時代後期の貨幣は変動が激しいが、ヤスケがざっと換算したところ、少なくとも八万円程度の金額であった。ということは、栄は十本のかんざしを、一本につき平均して八千円でさばいていたというわけだった。

「へえ、三日でこれだけになるなんて、お前、商売の才能あるかもな」

「三日じゃないよ。一日だよ」

あまりにかんざしが綺麗なので、しばらく溜め息をつきながら見とれていたのだという。そのうちに描きたくなってきて、夢中で何枚も描写して、気がついたら二日が経っていたのだそうだ。期限があることを思い出して、急いで小間物屋に持っていったら、店主が大層喜んで、すべて一本一朱で買い取ると言われた。栄も売る気になったが、すぐに、実はもっと高い価値があるのではないかと思い直した。小間物屋には八本だけ渡して、二本を持ったまま、浅草御門の人通りの多い所にやってきた。往来には、様々な「棒手振り」と呼ばれる行商人らが、天秤棒を担いで行きかっている。豆腐屋、八百屋、魚屋、羅宇屋、金魚屋、水あめ屋、百目と呼ばれる歯磨き粉売り、紙売り、蠟燭売り、かもじ買い、それはもうあらゆる種類の食料品、日用品で溢れかえっていた。栄は知らなかったが、お江戸は世界的な流通都市なのであった。

いつもなら、買うだけの立場の栄だったが、今日は売る側だと思うと、わくわくした。

棒手振り達は、それぞれ独特の節をつけた呼び文句でお客を呼び込んでいた。

きんぎょーえ、きんぎょお。とおうふぃ、とうふい。みいずうい、みいずあめっ、ひゃっこいひゃっこい、ひゃっこいよおお。

その中でも栄は、特に三吉飴の飴売り歌が気に入った。

はるの日くらし　あすか山　ぬしに王子の　花さかり
夏は両国　高なわに　はな火はな火の　すずみ舟　さん吉がてんか
すべるな　どつこい　おうさて　おうさて　がてんた　がてんた

栄も歌いながら、時々「そこの綺麗なお姉さん、珍しいギヤマンかんざし如何だい？　なんとたったの一分だよ」と、売り込み文句を紛らせた。本当なら、棒手振りにも縄張りみたいなものがあるのかもしれなかったが、栄が子供のこともあって、誰も咎めはしなかった。
行きかう通行人らを眺めていると、栄はむずむずと彼らの様子を描きたくなって仕方なくなってきた。あれは、大きなお店の小僧さんが御使いに行くところだろうか。あれは怖いお侍さんだ。月代がぼうぼうだから、そろそろ髪結いにいかなくちゃね。

あっちで泣いている赤ん坊をあやしているのは子守娘だ。癇の蟲が強そうな子供で大変だねえ。

と、こんな調子で退屈もせず、観察をしていたところ、突然目の前に、華やかな空気が出現した。

「可愛い売り子さんだねえ。その手に持っているかんざしを、ちょいと見せとくれ」

と、声がかかった。

縞の夏しじら織の着物を粋に着こなした、ちょっと年上の女が、栄の前に立って、かんざしを覗き込んだ。若い町娘達を沢山引き連れているところから、踊りか謡のお師匠さんが、弟子を伴って浅草観音様参りといったところだろうか。娘達の花かんざしが、藤の花みたいに揺れている。色とりどりの振袖は、咲き誇る花みたいで、嫌でも往来の人目を引き、本人達も十分それを意識しているようだった。

「先生、早く行きましょうよ」

「こんな所で良い買い物なんて出来っこないですよ。子供の遊びですものね」

お供の娘達は堪え性がなく、師匠を急かしたが、師匠の方は、さすがに粋と通と美意識を売り物にしているだけあって、目が確かだ。弟子達に黙るように促した。

「あんたたち、見てごらんよ。こんなギヤマン細工、見たことないだろ」

気がなさそうだった娘達が、師匠の言葉で目の色が変わった。

「なにこれ、キレイ…」

「どうやって色付けしてるの？　このキラキラしているのは瑠璃の玉かしら」

師匠は、「本当に一分なのかい？　みんな買うよ」と、即決だった。

「あたしも欲しい」

「あたしも。二分でも買いたい」

栄が、今日はもう二本しかないと答えると、彼女らは、欲しいという子が沢山いるから、またぜひ売ってくれと言い、踊りの師匠の家も教えてくれたのであった。

栄は一気に話し終わると、得意そうに鼻をうごめかした。

へえ、たいしたもんだと、ヤスケは本心から感心した。正直なところ、あまり期待はしていなかった。せいぜい五本も売ってくれれば上出来だと思っていた。栄は、ちゃんとどこに行けば商いになるかが分かっている。

本当のところ、エドには北斎がいるからやってきたのだった。あの男の絵が未来社会で珍重されるのは、歴史のキョウカショが保証してくれている。反故になった絵はもちろんのこと、あの男が使ったガラクタだって、どれほどの値打ちがあるかわかりはしない。だが、北斎という男には、なんというか、有無を言わせないバリアーが張られていた。実は一度、単刀直入に、「反故になった作品を買いたい」と持ちかけたことがあるのだが、鼻先で笑われた。まさかそれを世に出すつもりではあるまいね、と、心の内を見透かされてしまった。

「人もいろいろあるように、鬼にもいろんなヤツがいるもんだな。お前さんには悪いけど俺の絵は、妖かしには売らないよ」と、しっかり断られていた。

栄はそのことを知らないはずなのに、やはり蛙の子は蛙だ。この前、同じようなことを言われたときは驚いたっけ。

まあ、いい。北斎の絵は諦めた。その代わり、この栄という娘の生活を、せめてもう少し潤わせてやろう。

そう思ったヤスケは、栄の頭を優しく撫でた。

「すごいじゃないか。それじゃあ、しばらくオレの相棒になるか?」

栄は、「ずっとじゃないよ。あたいも、これでいろいろ忙しいから。とりあえず、もう少しの間はやってみたい。あんなに綺麗なものが見られて、その上こっちもお足が入ってくるんだから、商売って面白いね」と、無邪気に喜んでいる。

ヤスケは、栄から受け取った金を、きっちり半分栄に渡した。それでもヤスケの取り分は四万円だ。一万円で仕入れた品が、四倍になったのだから十分だった。

栄は、一分と四朱の金貨を手に、ヤスケに戸惑った顔を向けた。

「え？　こんなにいいの？」

ヤスケは頷きながら、懐から、赤とんぼの飾りのついた銀のかんざしを取り出して、栄のお団子頭に挿してやった。

「やるよ。お前に似合いそうだからとっておいた。絵筆のかんざしもいいけどさ、もう少し女の子らしい恰好をしてもいいだろう？」

栄は、ぽかんとして、それから突然頬を赤くした。赤とんぼのようだな、とヤスケはおかしく思った。

「勝ち虫のかんざしだ。あたいに似合うかな」

「勝ち虫は、前へ前へと進んでいくんだろ。無鉄砲なお前にぴったりだと思うよ」

栄は、笑って何か言いかけたが、くるりと背中を向けた。

「…じゃあ、またね」

ありがとうも言わずに駆けていく栄を見て、ヤスケは思った。あいつはいつも駆けているな。とんぼのかんざしは嬉しくなかったのだろうか。そういえば、赤とんぼには、捕まえると罰があたるという言い伝えがあったっけ。だから、別名かみなりとんぼとも言うそうだ。捕まえてはダメなところまで、なんだかあの娘に似ているなあ。

六　浮世絵仲間

その夜、長屋に帰ると、隣の北斎の家が賑やかだった。数人の男達が、みんな上機嫌で飲んだり食ったりして騒いでいた。北斎の家は、壁の一部分を取っ払って、六畳間を八畳間に広げているから、中の様子が丸見えなのだった。多分大家に断わりなく改造したのだろうけれど、夏場はまだしも、冬になったら寒くて困るのではないだろうか。まあ、その時はその時と考えているのか。そうなったら引っ越そうと考えているのか。というか、多分何も考えていないのかもしれない。

北斎は酒好きだった。いつもは苦虫を噛み潰したような顔をしているくせに、酔っ払うと、歌も歌うし踊りも踊る。人の好さそうな中年男になる。その差が滅茶苦茶激しかった。だからだろう、北斎を訪ねてくる客人は、酒徳利を携えてくる者が多かった。

栄も土間の隅にチョコンと腰かけていたが、ヤスケを見つけると、宴会の中の小鉢から芋の煮っころがしと田楽、焼き魚を取り分けて、ヤスケに持ってきてくれた。

「ヤスケ、遠慮なく食べとくれ。どうせ、あんたに貰った金で買ったんだから」

「はあ？　それじゃ、この宴会は、あの金で開いているのかい」

「うん」

「なんて親父だ。娘が稼いできた金を、そこら辺の酔っ払い共と一緒になって飲み食いしてしまうなんて。まるでオニだな」

栄は、人差し指を口の前に当てて、シイーッと言った。

「あたいが金を稼いだってことは、おとっつぁんには内緒なんだよ。子供が金の工面をするなんて、親の沽券にかかわると考える人だから」

「だったら、この宴会はなんなんだよ。お前の親父は、お前がどうやって酒や肴を用意したのか不思議に思わないのかい？」

「そんなのは簡単さ。掃除していたら、ひょっこり以前の絵の代金が見つかったって言えばいいんだから」

「信じたのか？」

「うん。てか、細かいことはどうでもいいみたいだよ」

栄の言うには、北斎は、いつも金欠でぴいぴいしているくせに、ちっとも金を大事に扱わない。それなりに大金を支払って貰ったときでも、大事にしまうこともなく、その辺にホイと置いておく。出前やツケの費用を、小僧が回収に来たときでも、「その辺にあるから、自分で持っていけ」と言うだけで、いちいち確かめることも面倒がってしないのだという。そうやっているうちに、金のことは忘れてしまうのだと、栄は笑って言った。

「だからね、おとっつぁん、こないだの金が出てきたよって言えば、おうそうか、そりゃ重畳。めでてえや。酒買ってこい、弟子共を呼べ、版元の職人達にも声をかけてやれって、すぐにこうなっちまうんだよ」

「まるで、ええと、そういう鳥がいたな。そうだ、百舌鳥《もず》だ。獲物を枝かなんかに突き刺しておいて、結局食うのを忘れちまうヤツ。だけど、お前もそれでいいのかよ？　折角の稼ぎを宴会なんかに使われて」

「お足は天下の回りものだからね。みんな楽しんでるんだから、いいんだよ」

ヤスケは呆れかえってしまった。親が親なら子も子である。さすが北斎の娘だけあって、この娘の金銭感覚もまともとは思えなかった。

「江戸っ子は、『宵越しの銭は持たない』そうだけど、お前んちはその典型だな」

栄は、ヤスケに持ってきた小鉢の中の、芋の煮っころがしをヒョイと口に投げ入れて、もぐもぐ咀嚼《そしゃく》しながら、否定した。

「おとっつぁんは、ずっとこうだったから、もう仕方ないけど、あたいはまだまともだよ。ちゃんと、今までのツケは綺麗に払って、当座の暮らしに充てる分の金は隠してから宴会やってるんだから。

わかるだろ、ヤスケ。おとっつぁんて人は、絵だけ描いてればそれで満足する人なんだ。だからその分、人付き合いはてんでダメでさ。彫り師や摺り師や版元たちと、上手くやってこうなんて気持ちはないんだよ。たまにはこうやって、酒でも奢ってやることも大事な世渡りなんだよ」

決して人付き合いが上手いと思えない栄にここまで言われるのだから、北斎の世渡り下手は相当なのだろう。この娘がしっかりするのも、無理はないのかもしれなかった。

ヤスケが黙って田楽を食っていると、北斎がこちらに気がついて、赤い顔をしながら上機嫌で声をかけてきた。

「おお、隣の鬼さんも来てたのかい。芋なんか食っていないで、こっちゃに来て一緒に一杯やろうや。俺の仲間を紹介するからよ」

そうだそうだと手を引かれて、ヤスケは座の中央に陣取ることになった。鬼さんをお兄さんと聞き違えた、初老の男が、ヤスケに杯を勧めてきた。

「お兄さん、いい体格だねえ。あっしは摺り師の友造ってんだ。こっちは、彫り師の嘉兵衛。あとのは、えーと…有象無象で十分」

ここで、ちゃんと紹介しろとヤジが飛んだが、「いいんだよ。戴斗先生の絵を一番多く彫ってるのが嘉兵衛で、それを摺ってるのがあっしなんだからよ」と、友造は呂律の回らない口で応酬した。

「どうも。オレは隣に住んでるヤスケっていう者です」と、挨拶すると、

「あんたも絵師なのか？　それとも摺り師、彫り師、版元かい？」

ヤスケにはちんぷんかんぷんだった。

「おっちゃん達、この物知らずに教えてやってよ」

栄まで小馬鹿にするように言う。ということは、絵に関することに決まっている。絵以外にこの親子が知っているはずはないのだから。

しかし、様々な時代の様々な分野に関する知識を仕入れておくことは、ヤスケの商売上大切なことだった。なので、浮世絵と呼ばれるこの時代の芸術について、ヤスケは喜んで教えてもらい、後で自室に戻ってキョウカショの知識と読み比べてみた。

まずは浮世とは、「憂き世」だ。そんな生きづらい「憂き世」を、嘆くよりも笑い飛ばしてしまうのが江戸っ子の粋というものだ。だから、「憂き世」に「浮き世」の

字を当てて、面白おかしく浮かれて暮らそうという気概を示すのだ。そしてそんな世の中の万物を、美しく映し出したものが浮世絵なのだった。風景、人物、静物、動物、題材は何でもよく、その瞬間を捉え、留めておきたいと思えるものを、協力してこの世に残すのだ。協力して、というのは、実は浮世絵は絵師一人で制作するものではないからである。絵を注文する者がいて、絵描きはその求めに応じて絵を描いて報酬を貰う。絵描きはすべてを独りで完成させる。それがこれまでの絵の完成法であった。だから絵は高価で、身分の高い人とか、裕福な人しか注文できなかった。

それを変えたのが、江戸時代の浮世絵だった。江戸時代は、経済の発展と共に、武士中心だった文化が町人中心に変わっていった結果、人々の間に、「絵」や「読み物」という娯楽を求める需要が生まれていった。ヤスケが、歴史を学ぶ上で愛読しているキョウカショやサンコウショによると、この少し前に蔦屋重三郎という名の絵草子屋が出現した。蔦屋は、日本橋通油町に「耕書堂」という店を構え、絵師一人が絵を一点描いて終わりではなく、その絵を印刷して、広く庶民に普及させることに成功した総合プロデューサーであった。これを「版元」というのであるが、版元は多くの分業作業職人を抱えていて、大衆が喜びそうな作品を、彼らに制作依頼をして大当たりを重ねた。

まず、北斎のような絵師が絵を描く。豪華な一点物の作品（東錦絵と言う）もあれば印刷して大量生産する為の絵もあった。その為の絵は版下絵といった。版下絵は、次に彫り師という職人の手に渡る。絵師が描いた版下絵を、版木にそのとおりに彫っていく作業を請け負うのである。絵師の絵が活かされるもダメになるも、この彫り師の腕一つである。折角素晴らしい絵を描いても、彫りの段階でこれが活かされなければなんにもならないので、彫り師の責任は重大だ。ちなみに、北斎の絵は細部に至るまで精巧で、しかも技巧が大胆ときているので、彫り師泣かせであったと言われている。彫り師の次は、摺り師の出番だ。彫りあがった版木に版下絵に基づいて色を乗せて摺るのである。これもまた、絵師の思いを汲めずに自己流に色をつけると、全然違った作品になってしまうわけで、北斎の作品が後の世で高い評価を得ているのは、名も残らない彫り師や摺り師の貢献が大きいのであった。

ヤスケは、「さっきまで一緒に呑んでいた友造や嘉兵衛は、自分達が彫ったり摺ったりした北斎の絵が、未来永劫、素晴らしい芸術として人々の目に触れるなんて、思いもしないのだろうなあ」と思い、また「やっぱり人間の歴史と関わるのは面白い」とも思った。

七　キレイなもの

化け猫のタマは、猫特有の気紛れで、気が向いたら毎晩来るし、来なければパタリと来ない。来たときには、ヤスケともっぱら栄についての話をするのだった。タマの言うには、栄は、本所の隣、深川の亀久町に、北斎の二度目の妻つまり栄の母親と住んでいて、北斎のところには通ってきているのだという。つまり、長屋は北斎の仕事場というわけだが、北斎はいちいち仕事場に通うようなマメな男ではなかったし、家族を尊重してくれるような男でもなかったので、別居しているのだという。それでも、栄は、北斎は妻のおことと仲が良いと思っているのだから、この夫婦はこういう形で成り立っているのだろう。一緒にいるだけが夫婦の形ではないと、ヤスケにもわかっている。ただ、末娘に躾らしい躾もせずに、絵狂いの父親の下にやりっぱなしの母親というのは、やはり北斎の妻になるだけあって、変わっているのだろうと思わざるを得なかった。

ヤスケはタマに、「栄にとって、あんな生活でいいのかな?」と聞いてみた。

「そんなの、あたしが知るわけにゃいじゃないの。妖かしからしたら、どうだって良いことなんだからさ」と、にべもなく答えてから、

「あんた、本当に変わっているね。妖かしのくせに、どうしてそうも人の世界に首を突っ込むのさ。一緒に年も取れないんだから、後々泣きを見ることになるよ。あたしは、それで最初のうちは散々切ない思いをしたからね。お節介だけど、人のことをあーだこーだと考えるのは止めておくこったね」と、彼女なりの忠告をしてくれた。

それでヤスケは、それと同じような忠告をしてくれた友人を、久しぶりに思い出したのだった。あいつに会いに行ってみようか。この時代のあいつにはまだ会ったことがなかったっけ。どうだったかな。いかん、記憶が混乱している。まあ、会ってみたらわかることだ。そこで、出かける前に栄に次の売り物を渡しておこうと、ヤスケは夕刻になって隣に出かけていった。

一声かけて引き戸を開けると、北斎が腕組みをして紙と睨み合っていた。栄はその横で、親父が描いた反故の下描きをなぞるのに余念がなかった。この二人は、十年を経たとしても、そのまま老いていくだけかもしれない、と、ついついヤスケは思うのだった。

北斎が、横目でヤスケを見て言った。

「おう、ゆうべ言い忘れたがよ、お栄にかんざしなんか貰ってありがとうよ。そんなモノには興味がないと思っていたんだが、えらく喜んでよ。こいつも一応女なんだなあって驚いたよ」

　ひどい言いぐさであった。栄は、その辺を腕白共と一緒になって走り回っている姿は、全く女の子と意識できないお転婆ぶりではあるが、顔の造作は悪くないし、それなりに着飾らせれば、立派に可愛らしい少女だとヤスケは思っていた。

「ひどい親だな。お栄ちゃんは別嬪だとオレは思うよ」

　ヤスケが思わず口にした言葉に、当の栄が、びっくりして顔を上げた。

　北斎はにべもなく、

「お世辞を間に受けたらどうすんだよ。こいつなんか、顎は張っているし、がさつだし、てんでダメだよ。なあ、あご」

「…うん、あたいはオカメだもの」

　栄は笑っていた。ヤスケは、そのことに何故か腹が立って反論したくなった。

「親バカになれとは言わないけれど、その言い草はないだろうよ。お栄は可愛いよ！　おい、お栄ちゃん、ちょいと付き合ってくんな。団子を食いに行こうや」

　目配せをすると、栄はすぐに商売のことと察して腰を上げた。

「やれやれ、尻軽な娘になっちまったなあ」

北斎は冗談めいた口調でそれを見送って、

「へっ、親がてめえの娘を別嬪だなんて、恰好悪いことが言えるかよ」と、小さく呟いた。なんだ、北斎も人並みに親バカなんじゃないかと、ヤスケは何故かほっとした。親父も娘も、ここんちは素直じゃないぜ。

茶店に行って、夕飯代わりに、ヤスケは握り飯と酒を注文した。栄は、家で適当につまんできたと言い、甘酒だけを頼んだ。これで五十文にも満たないのだ。

ヤスケは、熱い甘酒をふうふう吹いている栄に、気になっていることを聞いた。

「お前、勝ち虫のかんざし、あれから挿していないけど、本当は気に入らなかったのか？　それとも、あれも生活の足しに売ってしまったのか？」

栄は、笑って首を振った。おとっつぁんにあれこれケチをつけられたくないから、おっかさんの家にしまってあるのだと言った。

「おとっつぁんは、あたいのことを素直に褒められないの。そういう人なんだ」

北斎は、娘に対しても照れ屋らしかった。

「ほれ」と、ヤスケは、持ってきた小箱から布にくるんだ商売物を、ざらざらと茶店の緋毛氈の上にぶちまけた。かんざし、バレッタなどの光り物の他に、リボンや小さな扇子など、女の子の喜びそうなものばかり、ヘイセイのルートで見繕って仕入れてきたのだった。プラスチックやガラス製で、仕入れ値は、一番高い物でも三千円を切っているから、この時代では一分金と二朱金二枚というところだった。

栄は、言葉を失ってそれを見ていた。甘酒も、ヤスケの存在も忘れて、キラキラと光る小物たち・宝の山に見入っていた。やがて、大きくため息をついた。

「はああ……。綺麗だねえ。売りたくないなあ」

ヤスケは、あまりに真剣なその物言いが可笑しくなって聞いた。

「本当にお前は綺麗なものが好きなんだなあ。もしかして、金よりも好きなのか？」

栄は、何を馬鹿なことを聞くんだろうというような、呆れ顔をしてヤスケを見た。

「金なんか、なんとかなるもんだよ。おとっつぁんはいつもそう言っている。でも、綺麗なものは、ほとんどが金では買えないんだよ。思いがけない時に、突然やってくるんだけど、嬉しくて握りしめていたくても、あっという間に消えてしまうんだ。お天道様は沈むし、花は枯れるし、鳥は飛び去る。銭金と違って、綺麗なものは、この手をすりぬけてしまうから、一層大切なんだとあたいは思うんだ」

ヤスケは、「それは、美というものだな」と、呟いた。人間は、等しく「美」が好きなんだけれど、栄や北斎のように、金とか名誉とか、ひいては命よりも、それを求める人間が時にはいるのだということも知っていた。理解はできないけれど、知ってはいる。

栄は続けて言った。

「だけど、この世には、綺麗なものを作り出すことが出来る人間がいるんだ。人間が作った綺麗なものは、残すことが出来るんだ。その筆頭が、うちのおとっつぁんさ」

「なるほど」

「おとっつぁんは、娘の目から見ても、ダメな男だと思うよ。だらしないし、酒飲みだし、口は悪いし、自分勝手だしさ。だけど、仕方ないいんじゃないかな。その分を、綺麗なものを作ることに全部つぎ込んでしまっているんだから。

あたいも、そういうところがあるから、よくわかるんだよ。フラフラって熱に浮かされたみたいになって、今描きたい、描かなくちゃって思うと、その時やろうと思ってたことがあったって、全部どうでも良くなっちまうんだ。おとっつぁんに似てしまったんだねえって、おっかさんは悲しんでるけれど、あたいは嬉しいよ。もっともっと似たいと思っている。おとっつぁんみたいに、この世の全ての綺麗なものを絵にして残したい」

ヤスケは、この娘がこんなに喋るのを初めて聞いた。

「この世の全ての綺麗なもの、か。それは森羅万象というものだよ」

「おとっつぁんのあの手からこの世に生み出される絵が、あたいは一番好きなんだ。おとっつぁんの絵は、たったひと刷毛で、風が吹き荒れる。波がうねる。花が咲く。墨を一垂らしするだけで、水がこぼれる。龍が天に上る。それだけじゃないよ、煌々とした月を描くと、寒くなってきたりもする。ただの紙の中に、世界が生まれるんだもの、惚れ惚れするよねえ。

　そんなおとっつぁんのそばにいて、良い絵が出来たときなんか、なんだかあたいも一緒になってそれを描いたような気になれるんだ。あたいが一番嬉しい時だよ」

　栄は、夢見るように語って口を閉じた。ヤスケには、その顔が、今まででいちばん綺麗に見えた。同時に、少し狂気を感じるのだった。

　ヤスケは言った。

「鬼のオレがこんなことを言うのもなんだけど、お前ら父娘は、ちょっと普通じゃないものを感じるよ。栄、今ならまだ間に合うぜ。普通の娘になって、いい男を見つけて所帯を持って、子供を産んで、普通の穏やかな暮らしをしたいとは思わないのかい？」

　栄は、ちょっと考えてから、

「思うも思わないも、そういうのはあたいには無理だと思う」

「どうしてだよ」

「だって、うちのおとっつぁんは、ヒト様の世界の枠からはみ出しているんだもの。あのおとっつぁんを理解してあげて、ついていくには、あたいがこじんまりした普通の娘っ子に収まってしまったらダメだろうからね」

ヤスケは、もっと何かを言いかけたが、ふと、自分はこんな小娘相手に、何をムキになっているのだろうと気がついた。それで、売り物を箱にしまって、栄に渡して言った。

「まあ、何をするにしても、まずは金だからな。これを、そうだなあ、三分金以上で捌いてみせてくれ」

栄は、大事そうに箱を胸に押し当てた。

「うん、あたいもお足は欲しいしね。紙も絵の具も、お足なしでは買えないもの。でもあたいは、いつもお足よりも、ずっと欲しいものがあるんだ。まだよくわからないけど、ただ、おとっつぁんに凄い絵を描いてほしい、おとっつぁんの役に立ちたいということくらいしかわかっていないけど…。

だけど、なんでヤスケなんかにこんな話をしているんだろう？　タマにだって話したことはないのにね」

ヤスケは、その言葉に少し嬉しくなった。この変わり者の小娘は、こんな話をしても、誰もわかってくれないと思っていたのだろう。それが、同じく変わり者のオレになら、話しても大丈夫という風に思ってくれたのだろうか。理解はされなくても、黙って聞いてくれると思ったのだろうか。とにかく、確かに変な娘だ。萬年堂という商売をするにあたって、各時代に人間の協力者を作ってきたが、皆単純に金儲けをしたがる連中ばかりだった。いつでも手を切れるし、必要とあれば……。いやいや…。

「それじゃ、またオレはちょっと出かけてくるからな。一月くらいで帰って来るつもりだから、帰ってきたら、それまでに売れた分を見せてくれ」

栄は、笑って言った。

「一月もかかりゃしないさ。あたいが気の済むまで描き写してからだけど」

八　管ギツネ

時間の流れも、場所の移動も、あらゆる存在にとって線上を動くということで共通している。人間を含む動物は無論、植物も鉱物も、そして妖かしも、さらさらと流れる時に流されていく。抗う術はなく、多少の進行を遅らせることがせいぜいだった。時間は、森羅万象を等しく包み込んで、同じ方向に押し流していく。その行く先を誰も知りはしないのであった。

場所もまた、線上の移動という面では同様だった。この地からあの地へと行きたければ、手段は違えど、そこまでえっちらおっちらと動いていかねばならない。

時に縛られないヤスケにとって、彼だけの時空間を使えば、同時代同時刻に、異なる場所に現れることも出来るのかもしれなかったが、彼は敢てそれを試さなかった。自分が二人存在するというような事態になったら、一体どうなるのかとは思ったけれど、それを試すような暴挙を犯す気にはならなかった。

ヤスケは、こう見えて結構マメな性質だったので、自分が行った先の時代は一応記録をしてあった。というのも、そうでもしないと彼自身の時系列が混乱する可能性があったからだった。あそこは行った、ここはまだだ……。

そして、同じ時間またはごく近い時間内で移動するときは、いちいち時空能力を使わずに、他の生き物と同じく、えっちらおっちら移動すると決めていた。鬼の体力をもってすれば、旅など少しも苦ではなかったし、こうして労力を費やすことで、自分も生き物という仲間なのだと思えることが嬉しくもあったのだった。

そうしてヤスケは、本所を経って五日後に、都洛北の山の奥、人が滅多に訪うこともない稲荷の祠を訪ねたのであった。そこには昔は名のある神が祀られていて、本来であれば、一介の妖かしであるヤスケのような鬼には近寄りがたい社なのであったが、いつのまにか神はどこかに去ってしまわれて、うら寂れた祠だけが、林立する木立に埋もれるようにして建っているのだった。既にお社は何年分もの枯れ葉に埋もれて、辛うじて屋根の一部分が見えるだけだった。下界は夏の名残りがまだ色濃いが、山奥は折り重なる木々の葉がそれぞれ色づき始めて、吹く風は秋を思わせた。

ヤスケは、傾きかけた祠の奥に向かって、声をかけた。

「おーい、管ギツネ。オレだよ。萬年堂だよ。酒と油揚げを持ってきたぞ」

返答がなかった。しばらく待って、ヤスケはもう一度声をかけた。

「さ・け、と、あ・ぶ・ら・あ・げ～！」

すると、祠の中でガサゴソと音がして、扉の穴から、小さな狐がひょっこり顔をだした。警戒の色を浮かべていたが、すぐに嬉しそうな笑顔になった。

「おー、ヤスケかあ。ええと、二百年ぶりかなあ？」

「そんなにはならんだろう。こないだ餅を持ってきたような気がするがなあ」

「それは、エドになる前だよ。お前は時間を点で跳ぶから、ほんの少し前かもしれんが、ワシはあれからちゃんと、律儀に二百年生きてきたもの」

なるほど、ヘイアンの管ギツネがエドの管ギツネになるには、それだけの時の流れが必要だったのだと、ヤスケはいつも忘れてしまっている時の法則を思い出した。

「そうだった、あの時は、お前の主の和気美稲命《わけのうましねのみこと》様が、おられなくなったばかりであったな。どうだ、その後。主神《あるじかみ》様はお戻りにならぬのか？」

管ギツネは、寂しそうに首を振って言った。

「主神様も、残っていたワシの眷属達も、皆それぞれに散っていったよ。ふもとの村が消えてしまったのでな。祭りも途絶えて久しいわい。もうあんな長閑な暮らしには、人間は戻れなくなってしまったのだろうな。であれば、人間から祀られることで成り立っている神々にしても、もうここに留まる理由がないのだろう。ワシしか残っておらんのだよ」

それから、「でもまあ、これはこれで気楽でいいよ。お前との付き合いも、誰に気兼ねすることもなく出来るしな」と、言い添えた。

管ギツネは、一応神の使いであるにもかかわらず自分のような妖かし風情と交流があることを、同僚の御使いギツネらから度々注意されていたことを、ヤスケはちゃんと知っていた。知っていたけど、本人が何も言わないのをよいことに知らないふりをしていたのだった。もしかしたら、今このように管ギツネが寂しく置いてきぼりを喰らった状態になったのは、仲間達との亀裂が原因になっているのかもしれない、

「それでも、オレは…」と、ヤスケは思った。

「何度時を遡っても、管ギツネとの友情をなかったことにはできないだろう」、と。

ヤスケがそんなことを考えていると、管ギツネは、ポツリと言った。

「お前は、あと何回こうしてワシを訪ねてきてくれるのかなあ」

「え？」

まるで終わりのある生き物のような言い方にヤスケは驚いた。管ギツネは死なないはずだし、ヤスケも自分が死ぬという発想をしたことはなかった。妖かしは、神の定めた命の転生から外れた存在であった。終わることなど、これまで考えもせずに生きてきた。

「何回って、何回でもやってくるよ。酒と油揚げを持って、また来たかって言われるくらい訪ねてきてやるよ」

ちょっと不安になったヤスケは、冗談めかしてそう言ってみたものの、

「ははは」と笑う管ギツネの横顔を見ると、永遠の命を持っているはずのその姿から、

どことなく老いと衰退の匂いを感じる気がしてならなかった。

こんなにこいつは痩せていたっけ？　白い神々しい毛並みはあい変わらずだけれど、もう少し以前は尻尾もふさふさしていなかったっけ？　声音はこんな細かったっけ？

酒を飲み干してしまってから、管ギツネは、

「少し歩かんか？」と、ヤスケを誘った。

「どこにいく？」

「ついてくれば分かる」

山の中を突っ切るようにして、しばらく歩いた先にあったのは、大きな石切り場であった。そこだけ禿山になっていて、ぱっくりと削がれた山肌が赤い傷跡を晒していた。

「人間の城とか屋敷の補修用に、大きな石がどんどん運ばれていっているのだよ。それらは、都の寺とか庭園に運ばれていって、人間らの目を楽しませているのだという。石だけでなく、大昔からの木や珍かな草や花も、たくさん持ち去られている。山で生まれたのに、二度と戻っては来れぬ。人間の世界で精気を失っていくだけだ」

ヤスケも、金持ちの人間らを数人知っていて、豪勢な庭や屋敷を見たことがあったけれど、こんな風に山の中から運ばれてきていたのは知らなかった。

「人が増えて、大きな町ができて、どんどん家を建てねばならないから、凄い勢いでどんどん木が、いや山がなくなっている。主神様を祀るどころか、こんな風に神のおられた御座山まで切り出す有様では、主や皆がこの地を見捨てていくのも無理はなかろうて。まあ、ワシの祠の辺りまで切り出してくるには、まだ百年位はかかるだろう」

「たった百年?」

「いやなに、来ると決まったわけでもあるまい。来ないかもしれない。来たら来たで、その時はその時よ」

ヤスケは、何故この友はこんなに悠長なのだろうと思った。神すらも畏れない人間らにかかったら、管ギツネの祠なんぞは一溜りもないだろうに。

「まだ間に合うのだろう? だったら、この地を捨てて、お前もよそに行けばよいではないか。オレも、出来る限り協力する。なっ、そうしよう」

管ギツネは、ゆっくりと首を振った。

「いや、ワシはここで最期まで見届ける。ヘイアンから千年余り、ずっとここで時に流されてきたのだ。ここがワシのいるべき場所だと思っておる。

お前はどこの時代でも飛んでいけるが、ワシはそれを別に羨ましいとは思えない。

お前は、あちこちと飛び歩いて、自分の年も自分の本来の居場所も多分よくわからなくなっているのではないか？　ワシはその点、しっかりと足が地についているから、誇りをもって行けるところまで行くつもりでいるのだよ」

「そんなの、オレが嫌だよ。お前とは、気が向けば会いに来て、いつものように、酒を飲んで、よもやま話に花を咲かせて、それでまた別れるけれど、別れてもいつでも会えると思っていた。こんなの、まるでまるで…」

「うむ。人間達の信仰心を土台に生まれた神々は、ゆるゆると滅びていくのかもしれん。人間は神に代わる物をこれから拠り所にしていくのかもしれないな」

そして、「ヤスケよ。ワシは、お前にはいつも元気で説教している管キツネでありたいと思っているのだ。だからもう、この先ワシを訪ねてくるのは…」

ヤスケは、その先を聞きたくなかった。友の言葉を遮って、早口で言った。

「残念だが、今日はあまりゆっくり出来ないんだ。他に用事もあるんだった。うん、また来よう。また来るからな。元気でいてくれよ」

管ギツネに背を向けると、適当に開けた時空の穴の中に、逃げるように飛び込んだ。

管ギツネは、唯一のヤスケの友達だった。いつだって迷った時には彼に相談すればなんとかなってきた。彼の知らないことなど何もないと思っていた。友人でありながら、身内を知らないヤスケには、親のような兄のような存在だった。

　管ギツネと最初に出会ったとき、ヤスケは、まだ名前もない生まれたての小鬼だった。鬼に親がいるのかどうか、とにかくフニャフニャで、力も何もない小鬼達の中でも、ヤスケは特に鬼らしくない小鬼であった。そんな調子だったから、なんとなく仲間外れになることが多かった。群れて手に入れられる食べ物は、いつもヤスケの腹には入らなかった。折角見つけた食べ物も、横取りされることばかりが続いた。それで、一人彷徨っているうちについつい聖域である和気美稲命様が祀られているお山のお社の内に入り込んでしまった。お社の御使いである精霊ギツネらに見つかって、「不浄のものめ。ここはお前のような妖かしの立ち寄ってよい場所ではないぞ」と、殺されそうになった時に、必死で庇ってくれたのが管ギツネであった。彼は、主神に仕えるお使いギツネの中では格が下だったので、妖かしの鬼の子供の境遇も、他のキツネらよりわかってくれたのだろう。ヤスケをただ追い払っただけでなく、その後も聖域の外に出てきては、何かと生きるための助言をしてくれた。それは、ヤスケがすっかり成長して、管ギツネよりもよっぽど強く大きくなってからも続いたのだった。

　そんな彼の終わりを匂わせる言葉を、ヤスケは聞きたくなかった。ヤスケは、いつのまにか、管ギツネには終わりがない、いつだって元気で自分を奮い起こしてくれる、そんな錯覚をしていたのであった。だって…、もしも管ギツネがいなくなってしまったら、ヤスケは一人ぼっちになってしまうじゃないか。

「一人になるのを恐がるなんて、だからオレは、半人前の変わり者と言われるのだ。オレみたいな妖かしなんて、今まで見たことがないもの。そういうのは人間の感情だよな。だけど、いやだいやだ、気が滅入る。しばらくオレの店にこもって、少し気持ちを整理しよう」

ヤスケは、時空の中を泳ぎながら、過去へと舵を切った。

どのくらい店で寝転んでいただろう。目が覚めた時には時間の感覚がわからなかった。最近、よくこんなことが起こる。しょっちゅう過去や未来を行き来しているうちに、自分が正確には幾つ年を重ねたのか、年取っているのか若いのか、混ぜこぜになってしまうのだった。それと、管ギツネの処から帰ってくるときに、結構気持ちが混乱していたせいなのか、出る時代と場所を二つほど間違えてしまった。こんなことは初めてだった。それでヤスケは大層落ち込んでしまって、ようやく馴染みの古巣である自分の店に辿り着いた時には、そのままゴロリと寝床に寝転んで、昏々と寝入ってしまったのだった。そして、目が覚めても、しばらくは何もする気がおきなかった。

「この時代の管ギツネを訪ねてみようか。今ならまだまだ元気一杯で、オレに説教じみたことを聞かせてくれるに違いない。それで、オレも元気になれる」と、思いついても、すぐに、「いや駄目だ。未来の姿を見た以上は、余計にオレの気が滅入ってしまう」と思い返した。

ヤスケが見て来た未来だって、いつも薔薇色というわけではなかった。でもそれは人間社会の出来事であって、ヤスケ達妖かし等には関係がないものと思っていた。ヤスケは時を行き来出来ても、未来を変えることはできない、というか、してはならないのだ。だから、余計に歯がゆかった。ヤスケは、お山の御社様がお山から去らずに、管ギツネがずっとあそこで仲間達とご奉公できるような未来になるためにはどうしたら良いかを考えて考えて、考え抜いたが、結局わからなかった。わかるのは、人間が便利で快適な生活を追い求めていく中で、あんな小さなお社への信仰は切り捨てられていくということだった。それをくい止めることなど一介の鬼のヤスケに出来はしないのだ。

「見なきゃよかった。未来のことなんか知らずにいたら良かったのに」

そんなこんなで、いつまでもヤスケは、ぐだぐだと不貞腐れているのだった。

九　再びエド

江戸は秋風が吹いていた。あちこちで、イワシを焼く匂いがしていた。

「夏に出かけたから、もう三月ほど経ったのか。お栄はかんざしを売りさばけたかな？」

そんなことを思いつつ、本所の長屋までやってきて、ヤスケは「あれ？」と、首を傾げた。北斎の長屋が、普通の設えになっていて、引き戸に「駕籠かき」という看板がかかっていた。

「あれ？　あれれ？」

タマが居ついていた隣の長屋つまりヤスケの自宅も、だれか別の人間が住んでいるようで、見慣れない手拭いや食器が、表に干してあった。

「どうなっているんだ？　栄たちはどこに行ってしまったんだ」

あたふたしながらも、ヤスケは、頭を巡らした。そうだ、大家に聞いてみればいい。そこで近くの大家の家まで行きかけたのだが、ふと思った。あの北斎が引っ越したのだとすれば、さぞや大変だったであろうと。いや、北斎がではなくて、後始末をさせられる者が、である。北斎や栄は、おそらく絵を描く画材一式と、最低限の鍋、釜、皿だけあれば、それでさっさと引っ越していく人間である。ことによると鍋釜すらも不要とばかりおいていった可能性もあり、大家はその後始末に大迷惑をしたに相違なかった。であれば、今更大家に愚痴られるために出向いていくのは気が進まなかった。

そうだ、版元の蔦屋に行けば、北斎の現住所を知っているに違いない、と思ったが、日本橋の蔦屋へは行ったことがなかったし、この界隈では便利屋のヤスケとしてある程度住民らは慣れてくれていたけれど、大きな版元で自分の恰好は胡散臭く見られるのではないだろうか。

そんなことを考えながら歩いていたら、両国橋のたもとの、いつぞや栄と団子を食った茶店までやってきていた。橋を渡れば日本橋である。それにしても、ちょいと調子が狂いっぱなしだ。以前は、行きたい時代の行きたい場所に、どんぴしゃりと出られたものだった。じゃあな、と別れた後で、その一分後に、ホイと出てくるような正確さを誇っていたのに、これでは困る。妖かしは、十年二十年はなんということもないが、人間というものは、ほんの一、二年で本当に変わってしまうものだからである。極端な話、ほんの一日で変わる例だってあるのだ。

「さて、腹ごしらえをしてから、栄を探すことにしよう」

と、思いつつ、考えてみれば、大して利益にもならないのだから、別に栄など放っておいてもいいのだよな、と気がついた。そもそも、最初の目的は北斎の浮世絵を融通して貰って、値打ちのついた未来社会で捌こうと思ったのだった。それが無理となったのだから、このままよそに行っても問題なかったのだが…。

団子を頰張りながら、ぼんやり思っていたところに、一匹の猫が擦り寄ってきた。ニャアーオンという鳴き声に続けて、猫は、「ゴマ、みたらし、あんこ。あ、あんこはこし餡で」と、囁いた。

「お前、タマか。どこから来た。栄達はどこに引っ越したか知ってるのか？」

ヤスケが言うと、

「だから、ゴマ、みたらし、あんこの団子と引換えに教えてあげるって言ってるんだよ」と言う。

ヤスケは、茶店でたっぷり団子を買い求めると、タマと一緒に両国橋の下の草むらに行き、その後の話を聞いた。

「お前ねえ、一体いつの話をしてるの」

「ええと、オレが出かけたのは、お栄が十二歳のときの夏だから…」

「はん、あれから六年は経ってるよ。だから、お栄ちゃんもそれなりに年頃になって女らしく…とは言えないけれども、まあ綺麗にはなった。中身は変わらんけどな」

「で、引っ越した先は？」

まあ待ちなよと、タマは、目を細めてみたらし団子のタレをなめてから、

「蛇山町。でも、ここは半年で引っ越したかな。材木町。でも、ここも一年持たなかったなあ。なにしろ、荷物ですぐに一杯になってしまうだろ。栄も父親も、掃除なんて言葉は聞いたこともないっていう人種だからね、暮らしにくくなると、そっくりそのまま放って次の引っ越し先に移るんだよ。だけど、版元からあまり遠くに行くのは不便みたいで、結局神田から深川あたりを転々としてる。今は緑町に落ち着いているけど、それもいつまで持つものやら」と、一呼吸おいて、今度はあんこの串にとりかかった。

ヤスケは聞いた。

「それで、お前はまだお栄に飼われているのかい？」

「うんにゃ。飯は自分でなんとかしているし、ねぐらも、回向院あたりで間に合わせてる。でさ、アタシは、なんと化け物画のモデルになったりしているんだよ。この頃、お栄ちゃんは腕を上げてね、ちょっとその辺の絵師には想像もつかないような絵を描

くんだよ。アタシとしては、大先生にも負けないと腕前だと思ってるよ」

このところ、そうした変わり絵の注文も多くなってきて、北斎の台所事情は、比較的潤っているみたいだと、タマは言った。それでも、北斎の経済感覚からしたら、ざるで水を掬うのと変わらない。それに加えて引越魔ときたら、残るものは知れているだろう。

「栄は、きっとまだ苦労しているのだろうな」

ヤスケが言うと、タマは、う〜んと首を傾げた。「お栄ちゃんは、楽しそうに見えるけどねえ。あんた、意外とあの子のことがわかっていないんだね」

日中の忙しい時間帯を避けて、ヤスケは北斎と栄の新住所までやってきた。確かこの辺りだといっていたが、と、突っ立っていると、手桶を片手にした湯屋帰りらしい女が、怪しげな視線をこちらに送ってきた。大男のヤスケに、臆する風もなく声をかけた。

「すまないけどね、そこに突っ立ってないでおくれよ。うちに入れないじゃないか」

その顔を見て、ヤスケは驚いた。お栄だった。

「ええーと、その…」

言い淀んでいると、栄もヤスケが誰か気づいたようだった。

「あ～ら、逢魔が時に、鬼に会っちまったよ。どうもどうもお久しぶりだあね」

皮肉たっぷりな挨拶に、ませてもいても無邪気だった少女が、六年経ってすっかり大人になったなあと思うのだった。

栄は、洗い髪を束ねて毛先を手拭いでくるみ、男物らしい唐山織に薄物の羽織を引っかけている。眉一つそらない自然のままの顔も、ぶっきらぼうな態度も、変わってはいなかった。だが、すんなりと伸びた肢体を見て、ヤスケは何故か居心地が悪かった。

栄は言った。

「一月で帰ってくるって言ってなかったかい？　鬼ってのは、刻も数えられないのかい。待てど暮らせど来やしないから、その……」

「稼いだ金だけど、つい入用なことがあって、使い込んじまったよ。近いうちに用立てるから、今日のところは待ってほしいんだ」

金？　金の話かよ……。ヤスケは、ちょっとがっかりした。金ではない話がしたかったのに、いざ逢ってみると、何も話すことがなかった。

「ああ、いいんだ、いらないよ。こんなに長いこと放っておいたオレが悪いんだから。それよりお栄、お前幾つになった？」

「十八。お品ちゃんもおふみちゃんも、みんな嫁に行って、友達の中じゃ片付いてないのはあたしだけさ。親父さんが、外聞が悪いって、しょっちゅうこぼしてるよ」

「はあ？　北斎先生が外聞を気にするって？　今更だろうに」

「テメエの娘のこととなると、また別なんだろうね。自分の弟子や版元仲間に、満更冗談でもなく、あたしを売り込んでるよ。だけど、あたしが家のことなんか何一つできないのはみんな知ってるからさ、一つもまとまりゃしないんだよ。あたしなんか押し付けられたら、押し付けられた方が迷惑ってもんさ」

そう言って、栄はアハハと笑ったが、同時にクシュンと大きなくしゃみをした。

家の中から、「おーい、おうい、帰ったのか」と、北斎の声がした。

栄は、「はいよ、おとっつぁん」と返事してから、

「おとっつぁんは、あんたのこと、少し怒ってるから会わない方がいいよ。明日、例の茶店で四ツ半に会おう」

「先生が怒ってるって、なんで」

と、また「おうい、おうい」と呼ばわる声。

「あのね、あたしの画号は、『応為』っていうのさ。おとっつぁんがいつも『おうい』って呼ぶものだから、もう『応為』にしてしまえって言ってってさ」

「『あご』も大概だったけど、『おうい』ってのもなあ…」

再び、アハハと笑いながら、栄は中に入っていった。「長風呂だったなあ」と、北斎の声が聞こえた。ヤスケは、久しぶりに、ほっとするような、懐かしいような気持ちに満たされていた。早く明日にならないかなあと思う自分がいた。

翌日、栄はきちんと髪を結いあげてやってきた。その髷に、例の勝ち虫のかんざしが光っているのを見て、ヤスケは心がほんわかとした。

「ほら、今都合がつくだけ持ってきたよ。これ、あの時渡された品物を売った儲けの半分。残りは、おいおい返すから」

栄は、律儀にもヤスケに託された商売ものの彼の取り分を持参したのだった。別に貰わなくても構わなかったが、そう言うと栄は多分怒るだろうと思って、ヤスケは「ありがとよ」と言って、懐にしまった。

「それで、この先のことだが、まだオレと商売をするつもりはあるのかい？」

「ない」

と、にべもない返事が返ってきた。

「あのあと、おとっつぁんにあんたの商売を手伝っているのがバレちまってさ。なんかもう、こってりと叱られたよ。絵師が金のことを考えていてはダメだ、ろくなもんは描けないって。商売をするならそれでもいいが、だったら絵師になるのはすっぱりあきらめろ。そういう中途半端な性根で描いたものは、媚びや卑しさが出るからなって。そう言われたら、確かにそうだなという気もしたし、なによりも絵が描けないのは困るから、物を売るのはあれきりにしたんだよ」

北斎は、それでオレを怒っているのだな、とヤスケは納得した。

ただでさえ、栄は女なのだ。どんなに才能があっても、女の絵師が描いた絵というだけで、値打は下がる。絵の良し悪しに男も女もないと思うのだが、所詮人間の思惑などその程度のものなのだ。北斎は、多分成長した栄には、もっと人並みの生活をさせたいと思っているのかもしれない。嫁入りの話を持ちかけているというのも、案外本気で娘の将来を考えているのかもしれない。北斎は、己に似た娘が可愛くて、絵三昧の暮らしをさせてきてしまったけれど、この辺りが潮時と思い始めたのかもしれない。だって、ただでさえ楽ではない絵の道を、女の栄が極めようとしたら、それは必ず修羅の道になるからだ。それよりは、どこぞへ嫁がせて、孫でも産んで安楽に……。そこまで考えて、たとえ栄の幸せを願ってのことであっても、栄は承知しまいなと思った。そういう人並みの娘ではないからだ。川の魚に海で生きろといっても無理なように、栄は栄としてしか生きられないのだから。

ヤスケは言った。

「わかった。お前に商売の話はもうしない。それじゃあ、オレがお前の絵を買おうじゃないか。タマに聞いたが、結構化け物画が人気だってな。オレにも売ってくれ」

栄は、「やだ」と、即答した。

「なんで？」

「あたしは今、おとっつぁんの手伝いで手一杯だもの。おとっつあんは、ますます筆が乗ってきてね、そのうちいろんな富士のお山を描きに旅に行きたいと言っているんだよ。それで、柄にもなく、旅のための金を貯めているんだ。うちだと使っちまうから、蔦屋さんに預かって貰ってる。おとっつぁんは本気なんだよ。あたしも、どんな富士のお山の絵が出来るんだろうって、楽しみで仕方ないんだ」

栄は、目を輝かせて言った。この娘は、絵のことしか考えていないのだなと、ヤスケは今更ながら理解した。そんなお栄が哀れだった。

この娘の願い事を、何か叶えてやれないものかと思いながら、ヤスケは聞いてみた。

「お栄。おとっつぁんのためではなくて、お前さんが心底欲しいもの、手に入れたら嬉しくてたまらないものって何なのだ」

栄は、少し黙ってから、「やっぱりおとっつぁんに凄い絵を描いてもらうことかな」と、断言した。

「この頑固者め」

「あたしは、昔も今も、おとっつぁんの絵に惚れ込んでる。おとっつぁんは、絵しか取り柄のない人だからね。死んだ時に、ただのアホじゃなくて、究極の絵師だったんだと、世間様に知らしめてやりたいんだ。その為なら、妖かしの助けだってなんだって借りる」

「タマと関わるのは、せいぜいモデルになって貰うくらいにしておけよ。あいつは、妖かしの中では話のわかるヤツだけれど、この先もそうとは限らないぜ」

「……」

「あのなあ、そうじゃなくてさあー。

お前が親孝行なのはわかったから、おとっつぁんのためじゃなくて、お前自身が欲しくてたまらないものは何なのか聞いてるんだって」

「親孝行？　あんた、やっぱり何もわかっていないね。おとっつぁんのためにあたしは生きているんじゃないの。あたしは、この世で綺麗なものを見るのが何よりも好きなの」

栄が、自分は生きたいように生きているのだと言い切った以上、ヤスケの出る幕はなかった。というか、この時代の北斎や栄に関わる理由はなかった。

「あんまり長っちりだと店に悪いね。土手沿いにぶらぶら歩いてみようか」

栄の言葉に、茶代を払って、ヤスケは栄と一緒に隅田川沿いを両国広小路に向かって歩きだした。並んで歩くと、この前まで、やっとヤスケの腿あたりにあった栄の頭が、今は腹くらいの位置にきているのに気がついた。鬼としてはかなり小柄なおかげもあって、人間に紛れてもやっていけるのだったが、それにしても、人間の娘が腹くらいの身の丈だとは――。栄が背が高いのか、まさか『オレが縮んだ？』

ヤスケはどきりとした。そうとも知らず、栄は言った。

「ひとのことよりも、あんたはどうなのさ。手に入れたら嬉しくて堪らなかったものってあったのかい？　金じゃないよね？　あんたには必要ないものね。それだけ長く生きてきて、心が動いた瞬間てえのはないのかい？　だとしたら、ずいぶん寂しいじゃないか」

鬼が人間に同情されるなんて、とヤスケは可笑しくなった。

「心配するな。オレだって、欲しくて堪らなかったものを手に入れたことはあるんだぜ。それが、本当に嬉しかったとわかったのは、少し経ってからだったけど…」

「へえ、あるんだ。よかった。その話をしてよ。広小路に旨い蕎麦屋があるから、そこで蕎麦でもたぐりながら聞かせておくれよ」

「まだ食えるのかよ」

ヤスケは呆れながら、ああ、オレは今楽しんでいるな、と自覚した。

十　ヤスケの回想話

昔語りをするとしようか。

後にヘイアンジダイとか呼ばれることになる時代の話だ。

都の北の山奥に、変わり者の鬼が棲んでいた。どう変わり者かというと、他の仲間の鬼達のように、人の寄り付かない場所で秘かに暮らすのに飽き足らず、しょっちゅう人里に下りていっては、人々の暮らしを眺める趣味を持っていた。鬼は、鬼としては小柄な体格と目立たないツノの持ち主だった。おまけに要領も悪かったから、鬼仲間から少しバカにされていて、鬼自身もそれが分かっていた。それで、山奥に一人暮らしているうちに、どんどん人間の暮らしに惹かれていった。

「人間はチョコマカとよく動く。泣いたり笑ったり怒ったり、見ていて飽きぬなあ」

この鬼には、もう一つ変わったところがあった。他の鬼仲間のように、立派で大きな体や怪力を持っていない代わりに、時間を自由に行き来できる不思議な力を持っていたのだ。鬼は、時空の流れの浅瀬の三角州に、小さな家を作って、時々部屋の覗き穴から、いろいろな時代の人間の営みを眺めるのを、何より楽しみにしていた。でも仲間達には、この能力は秘密にしていた。それでなくても、「鬼らしくない変わり者め」とか、「そんなに人間が好きなら人間になってしまえ」と、理解のない言葉を浴びせられるのがわかっていたからだ。だが、何とも言われようと人間に興味を持ってはいけないというのが、鬼にはどうしてもわからなかった。

だから、仲間にわかってもらおうとは思わなかった。鬼には、唯一彼と本気で話してくれる友達がいたのだった。三つ先の山の稲荷神社に棲んでいる管ギツネだった。管ギツネは、普段は竹筒の中に棲んでいるキツネで、とても物知りだった。

「すべてのことには理由がある。だから、お前がそんなに人間に興味を持つのにも、きっと理由があるのだろう」

彼だけは、鬼の秘密を知っていた。そして、鬼が時空の中の家の話をしたとき、管ギツネはそう言ってくれた。

「だが、できればお前は眺めているだけにしておいた方がよいだろう。人間に関わってはいかん」

鬼が理由を聞くと、管ギツネは言った。

「人間は、時間を適当に区切ってそれらを『時代』と呼んでおる。その繋がりを『歴史』という。それは、多少変わることはあっても、すでに大枠の流れが決まっているものなのだ。もしもお前が、どこかの時代の歴史を変えてしまうほどに人間と関わりを持ったならば、人間共の歴史を変えてしまいかねないのだ」

「別に変わったっていいじゃないか」

鬼は、自分が関わって、その歴史とやらが、もっと面白くなるなら、全然問題はないと思っていたが、管ギツネは真面目な顔で鬼を叱った。

「阿呆！　歴史が狂うということは、起こるはずだった出来事が起こらず、生まれるはずだった生きものが生まれなかったりするということだ。その逆に、起きてはならないことが起きたり、そのせいで、その時代に生きている万物にものすごい迷惑がかかることもあり得るのだぞ」

「……オレにはよくわからん……」

とにかく、大変なことになるのだと、管ギツネが頑固に言い張るので、鬼も、わかったわかったと返事して、その場はそれで終わりとなった。

ある日のこと。鬼は散歩の足を延ばして都の外れまで行ってきた。山の麓あたりから、人間の家がぽつりぽつりと現れて、やがて町の外れあたりの掘っ立て小屋が、賑やかな街中では、塀や門付きの立派なものへと変わっていった。鬼は、人間に見つからないように、物陰に身を隠しながら覗き見をするうちに、あることに気がついた。板の上に、様々な品物が並べられていて、一人がそれらの品物を指さして何か言うと、もう一人がニコニコしながらそれを差し出す。そういうことを、人間はあちこちでやっているのだった。そして、品物を渡した人間の方は、引き換えに何か小さなものを受け取って嬉しそうに笑っていた。鬼は、一体何をしているのかと、不思議に思ってずっと見ていた。

やがて日暮れと共に、人間らはそれぞれに散っていった。辺りがすっかり闇に包まれると、鬼は物陰から出て、さっきまで賑わっていた通りを歩き回った。と、足下に光る不思議なものを見つけて拾い上げた。人間たちがやりとりしていたのは、どうもこの丸い金《かね》の輪っかのようだった。鬼は、これを柏の葉で磨いて光らせて、芋の茎に通して首にかけ、得意げに歩き回った。

物知りの管ギツネが、それは銭というものだと教えてくれた。

「道で拾った？　さてはまた人里に行ったたな。仕方のないヤツだ。人間はな、その銭を渡せば代わりにいろんなものをくれるのだ。その逆に、何かを渡して銭を貰うこともある」

「へえ、人間は、面白いことをやっているのだな」

「人間の世界では、銭を沢山持っている者がエライ。だから、銭を取り合って争いになることも珍しくない。使いよう一つで、幸せにもなれば不幸にもなる。ある意味、人間にとっては妖かしなんかより、よっぽど怖いものなのさ」

「ほうお、銭とは不思議なものだなあ」

不思議で危険なものだと管ギツネが言う。

鬼は、小さくてぺらついた丸い金属をしげしげと見た。そして、この不思議な銭を、もっと沢山集めたり使ったりしてみたくなった。

その日から、鬼は、一層熱心に人間を観察して、少しずつ商売を覚えていった。

「要するに、何かを渡して、その代価として銭をもらうんだな」

鬼は頭は悪くなかったので、早速だいたいの要領をつかんでしまった。なにしろ、時間はたっぷりあったので、自分が商売をして沢山銭を手に入れることを想像しては一人楽しんでいた。さて、どんな店を開こうか。どうせなら、鬼にしかできない力を使って、毎日楽しめる店にしたいものだ。そこで、何日も何か月も何年も考えて考え抜いた結果、鬼は、自分だけの能力―時間を自由に行き来できる力を生かせる店を開こうと決めた。自分の好奇心も満たせるし、人とも関わっていける素敵な店＝「何でも屋」がいいと思った。

時代が変われば銭の種類も変わるから、そうして時代に合わせた銭＝金の変容の勉強も怠らなかった。未来の品物は、過去の時代なら買い手がつくだろう。そして、過去の品物は、未来になれば需要があるだろう。自分は上手にそれを流通させて、楽しみながら銭を沢山集めてやろう、とワクワクした。

が、鬼が計画を話すと、案の定管ギツネは渋い顔をして言った。

「おいおい、今の時代の人間ばかりか、違う時代の人間にも関わろうなんて、お前にそんな器用な真似ができるのか？　よっぽど気をつけないと。必ずや『歴史』を混乱させてしまうことになる」

また歴史かと、鬼はうんざりしたけれど、数少ない友達とケンカをする気はなかった。

「だけど、オレはやりたいんだ」

鬼は珍しく管ギツネのアドバイスに逆らった。

「だから念の為、これだけは絶対に気をつけろという心得を教えてくれよ。お前が言うことなら間違いないからさ」

そう鬼におだてられて、少し気をよくした管ギツネは、渋々鬼の商売を認めて、翌日巻物の切れっ端を持ってきた。そこには、でかでかと、
商売の心得
その一　人間の歴史をいじくるな。

その二　歴史を変える品物を与えるな。

その三　特定の時代・人間に思い入れをもつな。

と、三つの心得が書かれていた。管ギツネが、自分の尻尾の先で書いてくれたこの心得に、彼の友情が感じられた。有難いと思った。

「ありがとう。できるだけ守るよ」

「できるだけじゃなくて、絶対に守れ」

そうしないと、人間の歴史が変わる。どうなるかは分からないが、生まれるはずだった者が生まれず、あってはならなかった物があるようになる…。それはきっと、お前が好きな人間を困らせることになるのだから、と、管ギツネはこんこんと鬼を説得した。

「なんだ、お前も結構人間が好きなんだな」

鬼が嬉しくなって言うと、

「違うわ。自分のために言っているのだ。我ら妖《あやかし》や物の怪《もののけ》は、人間に畏れられ、時には忌み嫌われているが、それは有難いことでもあると吾は思っている。何故ならそれは、我らがこの世界に在るということを、人間らが信じてくれているからで、その信心によって我らは存在することを許されているからだ」

鬼は首を傾げた。

「またまたよくわからん……」

「要するに、人間が吾たちのことを、確かにこの世にいると信じてくれているから、それが俺たちの存在を支えてくれているってことだよ。信じてもらえなくなったら、存在を否定されるわけだから、吾は、人間の世界が狂うことなく無事に続いていって、ずっと人間が素直なままでいてくれたらいいなあと願っているだけさ」

鬼は、友達の言っていることは正直よくわからなかったが、わかるような気はした。そうか、よくわからないが、人間とオレ達は要するに持ちつ持たれつなのかもしれない、とだけは理解した。

管ギツネは、こうも言った。

「お前は鬼仲間といても、楽しそうに見えなかったが、今のお前はずいぶん楽しそうだ。だからワシは商売を止せとは言えないよ。やっていくうちに、何か大事なものが見つけられるかもしれない。そうなればいいなと願っているよ」

そして、鬼は、時空の川にこしらえた家を拠点に、商売を開始した。山の棲み処に帰ることはなくなり、この家で過ごすことが多くなった。最初は様々な時代を巡って、人間に会わずに手に入るようなガラクタを集めてきた。家具やら道具やら、部屋を広げて倉庫を作り、すっかり店らしく改築した。とりあえず仕入れは完了した。

こうなると、絶対に必要なのが人間の協力者だった。鬼がどこかの時代から持っていく品物を、その時代で売ってくれて、なおかつその時代の品物を仕入れてくれる人間が必要なのだった。管ギツネが忠告してくれた。

「人間に関わるのなら、できるだけ馬鹿か変わり者を選ぶがよい。それなら、たとえバレても、周りの人間が信じないだろうから」

「そうか、わかった。いつもタメになることを教えてくれてありがとうよ」

そして鬼は、様々な時代を訪れて、協力してくれそうな変わり者を探した。自分も変わり者なので、変わり者を見つけるのは得意だった。原則他人と一緒に行動していない人間を、その時々で発掘しては、少しずつ取引相手を増やしていった。

鬼は、様々な時代に商売に行き、いろいろな品物を店に持ち帰った。例えば、鬼の時代のどうということもない土器《かわらけ》が、未来に持っていくと骨董品と呼ばれて沢山の銭になる。逆に、未来から持ってきた品物が、別の時代で世にも不思議な宝として珍重される。先日仕入れてきたぼうるぺんなる筆は、協力者を介して、ムラサキシキブという女官が大量に買ってくれてよい商いになった。追加注文まで入っている。鬼は、倉庫に集めたいろんな時代の品々を眺めつつ、いろんな時代の銭をちゃらちゃら鳴らして一人笑った。

商売に出かける時に、鬼が必ず持っていくのが、管ギツネの心得と、商売用の帳面と、未来の時代で手に入れた歴史書だった。貨幣だけでなく、その時代時代の言葉、発明品、食事等々、鬼は出来得る限りの勉強もした。歴史に関する本もたくさん手に入れて、部屋で熱心に読みふけった。そして、歴史というものは、管ギツネはああいっているが、必ずしも完全に一致してはいないことにも気がついた。記録した人間の立場や主観から、結構どうにでもなったりするのだ。もちろん起こった事実は尊重しなければならないけれど、それさえ守れば、枝葉の部分はなんとでもなるのではないか。だから、そういう部分においてであれば、人間にもっと関われるのではないだろうか。人間の歴史をいじらないという心得を守って時空を行ったり来たりしながらも、鬼はいつもそうした思いを胸に抱いていた。

やがて、鬼は、人間の中にも歴史をがらりと変えてしまう者がいることを知って、彼らに興味を持った。鬼が一番愛読している「ニホンシノキョウカショ」に名前が載っている人間がそうだった。管ギツネに言わせれば、「彼らには関わらないように」すべきなのだろう。

だけど……、だけど、それでもさあ。

わかってはいても、この鬼はものすごく好奇心が旺盛だったので、「一人くらい、ちょっと会ってみたい。見るだけでもいいから」という気持ちを抑えられなかった。商売の方も順調だし、ちょっと冒険めいたことがしてみたくなっていた。

「どうせ会うなら、ものすごく有名な人間がいいな」

時空の狭間に作った部屋で、鬼は、念をこめてダーツを、エイヤッと投げた。ダーツの切っ先が刺さった場所に、鬼は瞬く間に時空の穴を穿った。そしてその体をするりと滑り込ませたのだった。

さて、センゴクジダイとか呼ばれるようになる時代。

壮大な城の一室に、鬼と呼ばれる男がいた。戦の中で育ち、神も恐れぬと言い放ち、その冷酷さから自他共に「鬼」と呼ばれる男であった。男は、これまで誰よりも苛烈に生きてきた。しかし。そんな男でも、こうして風邪をこじらせて寝込んでいる夜中などは、ふと気が弱くなるのだった。

「ううう、今夜は冷えるのう。体力が落ちているのだろうな。まさか、こんな風邪くらいで死にはせぬよな。なにしろ、余はたくさんの人間に恨まれまくっているから、死んだら絶対に地獄行きだね」

弱気を追い払うように、男は頭をぶんぶんと振った。

「いやいや、弱音なぞ吐いてどうする。地獄なんか……ない、ない。この戦国乱世で生き残っていくためには、非情なことも仕方なかったのだ。余は天下平定のために、必死で頑張ってきただけなのだ。俺は良いことだっていっぱいしたのだし」

などと、一人で呟いていると、目の前の空中に、ポツンと黒い点が出現した。それは見る間に広がって、そこからなんと曲者が現れた。が、さすが乱世の武将らしく、男はほとんど驚かずに、じっとそれを見ていた。こんな反応をする人間は初めてだったので、鬼は思わず男に尋ねた。

「おい、オレは鬼なんだぞ。お前は何故驚かないのだ?」

すると、さっきまで弱気だった男は、打って変わって威厳のある声で答えた。

「鬼がどうした。余は、第六天魔王信長である。お前は地獄からの使者だな。帰れ帰れ。信長ともあろう者が、風邪なんかで死んだら末代までの笑いものじゃ」

信長に睨みつけられて、鬼は、「なるほど、これが、キョウカショで読んだ信長か」と、感心した。自分を最初から怖がらない人間は初めてだった。これまで人間と会うときは、大抵は変装でごまかしてきた。鬼の正体がわかると、人間はすぐに気絶したり、泣き叫んでパニックになったものなのに、どうもこの男には、そういう普通の人間の反応を期待するのは難しそうだった。

鬼は、嬉しそうに笑って言った。

「あんた、変わり者って言われないかい？」

「無礼な鬼めが。……変わり者なんて、子供の頃から言われておるわい」

鬼は、自分も鬼仲間から散々変わり者と呼ばれていたので、ちょっと嬉しくなってしまった。

「オレは、地獄のお迎え係ではないよ。見てのとおりのただの鬼だ。商いをしている」

信長は、腕組みをして呟いた。

「ううむ、これは高熱が見せる幻か。鬼が商いをしている、と聞こえたぞ」

「幻じゃない。オレの存在を認めろよ」

鬼は、品物を並べながら、信長に向かって自分の仕事を説明し出した。なんだか今の信長は少し弱っているようだったから、何か役に立てないだろうかと思った。もちろん、歴史を変えるようなことをするつもりはなかった。ほんのちょっぴり、病気で弱っているこの男を元気づけてやりたかったのだった。鬼は、風呂敷を広げると、次々とそこに扱っている商品を並べていった。

するると、信長は途端に目を輝かせて、それらをまじまじと見つめた。元々、珍しいことや新しいことが大好きな男だったのだ。

「ほうほう、様々な時代で売り買いをしているとな。さもあらん、奇天烈《きてれつ》な物ばかりではないか。どんどん見せてくれい」

「はいはい、どうぞお手に取ってご覧下さい」

そこで鬼は、いつも持ち歩いている袋から、歴史とはあまり関係ないだろうと思われる物を取り出して布団の上に並べた。軍手、ボールペン、虫メガネ、輪ゴム、マグカップ、ホチキス、セロテープ……。手頃な文房具を中心に置いていくと、信長は一つ一つ手に取って、高価な茶器を扱うように撫で回した。鬼に使用方法を聞くうちには、風邪など忘れたように元気な声になっていた。

信長は、子供のようにはしゃいで言った。

「すばらしい！　この軍手とやらは、城造りの人足どもに使わせれば、手にトゲが刺さりにくくなる。とりあえず三百ほど注文しよう。この、ほちきすとは何じゃ？　おお、紙を束ねるのか。よし、三十個注文じゃ。で、せろてえぷは…おおっ、すごい。きれいに紙がくっつきおる。じゃあ五十個。ぼうるぺん、とな？　おお、筆よりずっと字が書きやすい。筆よりもずっと楽じゃのう。では、千本注文しよう。で、これは虫メガネか。虫しか見られないのか？　え、見られる？　どれどれ…ふあっ、へええ、ふふふふ…。面白いではないか。これはあるだけ持って参れ。他には何があるのじゃ。いっぱい買ってやるから安くせいよ」

という調子で、信長はすっかり鬼の道具の虜《とりこ》になって、先程までの弱気も吹っ飛んでしまった。鬼も、これほど大口のお得意様は初めてだったので、ホクホク顔でお世辞まで言った。

「いやはや、上様は太っ腹ですなあ。ところで、すごくよく効く風邪薬もあるのですが、いかがでしょうか。今ならサービスでキャンディが十個ついてきますよ」

もちろん信長はすぐに買ってくれた。

「早く品物を届けに来てくれ。いつ来れるのじゃ。余は非常に忙しい。風邪が治ったら、しなければならぬ仕事が山積みなのじゃ」

「では、三日後に」

本当は、時空の川を出入りすれば、すぐにでも来られるのだが、ヤスケは勿体をつけて答えた。信長は、待ち遠しそうに頷いた。

上々の商売をした鬼は、にこにこしながら店に戻ると、管ギツネが訪ねてきていた。管ギツネに、上機嫌の訳を聞かれた鬼は、嘘がつけなかったので、信長に「偶然に」会って商売をしたと報告すると、管ギツネは、深いため息をついて言った。

「そうか。次回を約束したのなら仕方ないが、例の心得は必ず守るのだぞ。信長にモノを渡すにあたっては、慎重の上にも慎重にな。そして、武器だけは渡してはだめだ。あれは歴史を変える力を持つ人間だ。きっと、お前が役に立つと知れば、天下統一のために、刀や槍以上の強力な武器を売れと言ってくるだろうが、絶対にそれは聞いてはならんぞ」

大事なことだからと、管ギツネは、真面目な顔で説明した。

「いいか。人間はこの先、ますます強力な武器を発明していくだろう。争うのが大好きだからだ。だが、少なくとも、その時代に発明されていない武器で、その時代の人間が死ぬことはない。しかし、もしその時代にないはずの武器が、予定より早く持ち込まれてしまったらその武器によって死ななくて済んだ人間が死ぬということも起こるかもしれないのだ。その結果、生まれるはずだった人間が生まれず、逆に死ぬはずだった人間が死なず、歴史は少しずつ狂っていくのだよ。そんなことは、一介の鬼がしてはならないことなのだ」

管ギツネが帰った後、鬼はニホンシのキョウカショを出して、戦国時代の箇所を読んでみた。鉄砲伝来＝一五四三年…。

つまり、一五四三年まで鉄砲という武器は存在しなかったのだ。だけどももし、自分が信長に頼まれて、これより前に鉄砲を、いや拳銃でもライフルでも渡してしまったら信長はきっとあっという間に、諸国の大名を打ち負かして、天下を取るだろう。外国にも攻めていくかもしれない。つまり歴史が変わる。そして、歴史が変わることで、何が起こるかは、鬼にも信長本人にも分からない。少なくとも、何か困ったことが起きても、自分はどうすることもできないだろう。

鬼は、絶対にこれからも管ギツネの商売の心得には背かないと誓うしかなかった。

信長から注文されていた品を届けるために、鬼は再び安土城に出かけた。最初に行った時から、人間世界では三日が経っていた。鬼が時空の穴から飛び出した時、部屋には信長一人ではなく、きれいな女の人も一緒だった。

信長が、待ちかねたように身を乗り出して言った。

「よく来たな、鬼よ。これは余の奥方の帰蝶である。お前の話をしたら、ぜひにも同席させてくれと頼まれたのじゃ。口の堅い女なので安心してくれ」

奥方は、さすが信長の妻だけあって、鬼を見ても全然怖がらなかった。普通の人間の女は、しょっちゅうキャアキャア悲鳴を上げるのに、彼女は余裕の笑みさえ浮かべて、

「殿のいつもの冗談だと思っていましたのに、まあ、本当に鬼が来るとは」

そう言って、ころころと笑った。

「この安土城は、忍びはおろか猫一匹忍び込むことはできぬと、いつか殿はおっしゃいましたわね。でも、こんなに大きな鬼が自由に出入りしていますわよ」

奥方に突っ込まれて、信長は頭を掻いた。

「それはその……よいのじゃ。この鬼は余の配下の便利屋だからな。諸国大名の情報とか、余が命じる品物を取寄せてくれたりしているのじゃ。鬼を使いこなすなど、この信長だからこそできることだぞ」

鬼は、信長の配下になった覚えはなかったが、とりあえず黙っていた。

奥方は、鬼に向かって優しく言った。

「鬼さん、うちの殿をよろしくね。あなたから買った風邪薬はとてもよく効いたの。それに、きゃんでーとやらは、本当においしかったわ。今日も持ってきてる？」

信長はそれを聞くと苦笑いをして言った。

「キャンディを大量追加注文じゃ。実はほとんど、この奥が食べてしまって、余はたった一粒味わっただけなのじゃ」

鬼は、有難く注文を承った。こうして信長夫婦は、鬼の上得意様になったのだった。そんなこんなで、鬼は何でも屋をやりながら、時々戦国時代の安土城に出かけて信長の話し相手をするようになった。この立派な城もいずれなくなってしまうなんて、とても言えなかったけれど、鬼が訪ねていく度に信長は、いつも自信たっぷりな顔をして、天下平定の話をしたり、面白い道具を見たがったりした。やがて、信長の家来には色の浅黒い大男がいるという噂が立つようになった。

ある時、ふと信長は鬼に尋ねた。

「お前は時間を自由に行き来する妖力を持っているのだったな。では、余が天下を取れたかどうか、当然知っているのだろう?」

鬼は、やはり聞かれたなあと思った。

「まあね。だが教えないよ」

「ふん、教えてほしいとも思わんわ」

信長は、意外にも、ニヤリと笑って言葉を続けた。

「余は運命など信じていないからな。教わったところで何の意味もない。が、」

一拍置いて、

「少し興味はある。お前は、余の死に方も知っているのか？」と聞いてきた。

「うん、一応知っている。だけど、オレの知識なんて、この未来のキョウカショに書いてある以上のことはないよ」

「キョウカショとは何ぞ？」

鬼は、信長に日本史のキョウカショの表紙を見せて、ここに書かれている歴史は絶対なのだと主張した。

「上様が何をやったって、この歴史は変えられないよ。変えてはいけないいんだ」

「そうか。ならば……是非もない」

信長はそう言って、カラカラと笑ったのだった。

やがて、人間世界で数年が経った頃──。

「さて、良いお得意様だったから挨拶をしてくるか」

そう言って、鬼は、通いなれた道を通っていった。今日の行き先は本能寺だった。

本能寺は炎に包まれていた。誰も近寄れない有様の中、鬼は、スタスタと火の中をすり抜けて奥の間まで歩いて行った。

「やあ、上様」

　すると、「おお、来てくれたか」と、能舞いを舞っていた信長が、扇で顔を仰ぎつつ出迎えた。そして問うた。

「お前はとうとう教えなかったが、もしかして、今日が余の最後の日なのかな？」

「うん」

「……で、あるか」

　信長は、残念そうな顔になった。

「あーあ、せめて日程だけでも教えてくれていたら、やり残したことが山ほどあるのに」

　鬼は、「そうだろうね」と、すまなそうな顔で同意した。

　信長が言った。

「ダメもとで訊くが、もしも余が、全財産と領地をお前にくれてやるから、時空の穴を使って、余をここから逃がしてほしいと言ったら、お前は引き受けてくれるか？」

　鬼は、当然首を横に振った。

「何度も言わせないでくれ。オレは、あんたを死なせなくないけれど、歴史を変えてしまうことはできないんだよ。人間の世界のことに、オレは責任をとれないんだから」

　すると、信長は、ニヤリと、いつもの笑いを浮かべて言った。

「そうかそうか。歴史が変わらなければいいのだな。なんとか方法はあるはずだぞ」

「無駄な抵抗はやめなよ。だって、ほらここに本能寺の変が載っているのだから、これはもう避けられない運命なのさ」

　鬼が差し出した歴史書を、信長は横からさっと奪い取って、じっくりと読みだした。

炎は二人のすぐそばまで迫っていた。

「なるほど。一五八二年、本能寺の変起きる。織田信長、自害して果てる、と書いてある」

「だろう？　だから上様、潔く自害するしかないよ。オレはすごく残念だけどね」

　すると、信長は、またニヤリと笑った。

「続きがある。『しかし焼け跡からは、信長の亡骸は見つからなかった』だとさ」

「えっ？」

　信長は、丸めた歴史書で、ぽんと鬼の厚い胸を叩いた
「だ・か・ら！　余の亡骸は見つかってはならないのだよ。うん、余は自害するのを止めた。このまま焼け死ねば、多分焼死体が発見されるだろうなあ。歴史が変わって

しまうかもしれないなあ」

「えええ?」

「お前が余の遺体を隠すのはナシだぞ。それこそ歴史にちょっかいを出すことになる。歴史を変えてはいけないのだよな。だったら、誰にも見つからないように、お前と時空の穴に脱出するのが一番よいのではなかろうか」

鬼は、どうすればいいのか、わからなくなってしまって、腕組みをして唸った。

信長が、ふと優しい口調で鬼に言った。

「ほら、もう足元に火が燃え移ってきた。なあ、一緒に連れていってくれ、ヤスケ」

鬼はその時、胸の深いところを、ぎゅっと強くつかまれた気がした。

「ヤスケ? それって誰だ」

「お前だよ。余にとって、お前はただの鬼ではない。だから名前をつけておいた。銭以外に、何か与えてやりたかったが、お前は領地などいらんだろうしな。今度来たら名付けてやろうと思って、ずっと待っていたのだ。そしたら今日お前がやってきた」

鬼は、これまでに名前などで呼ばれたことは一度もなかった。鬼なんだから、鬼でいいと思って生きてきたけれど、名前というヤツは、なんだかくすぐったくて、嬉しいものだな、と気がついた。オレだけの名前、鬼のヤスケは自分だけ。

そんな鬼を信長は急かす。

「ほれ、もう裾に火がつきそうだ。早く決心しろ。歴史を変えてはならないのだよな？」

信長は、そんな鬼を見ながら、鬼のような冷酷そうな笑みを浮かべ、そしてゆっくりと立ち上がると、扇を手にして踊り始めた。

「にんげん、ごじゅうね～んん……」

鬼はチッと舌打ちをしたあと、素早く空中に穴を穿った。一か八か、丸め込まれてやるとするか。

「ほれ、いくぞ、上様」

「大儀である」

信長は、鬼よりも鬼らしい不遜な笑みを浮かべて、悠然と言い放った。二つの影が消えた瞬間、本能寺の屋根ががらがらと崩れ落ちた。

そして……。

レイワと呼ばれる時代の最初の年のある秋の日のこと。

夕刻の秋葉原の一角にある、人通りの少ない路地裏に一人の風変わりな男が現れた。

男は、後ろに控える大柄な連れを振り返って言った。「おお、なんと。余の安土城よりも高い城があちこちに建っている。すごい、すごい」

信長は、無邪気に手を叩いではしゃぐのだった。そんな彼に、鬼は小銭入りの財布を押し付けて言った。

「この時代のこの町は、相当おかしな恰好の人間でも容易に受け入れてしまう変な所だ。だが戦もないし、上様の時代の厳しさを思えば、これからどうにでも生きていけるさ」

「ほう、良き時代なのじゃなあ。戦がないのか。さて、それなら余は何をしようかのう」

鬼は、できれば大人しく生きていってほしいと頼んだ。信長は頷いた。

「うむ。歴史を変えるほどの活躍をしてはならぬというのが約束であったな。よいよい、命の恩人との約束は守ってつかわす。ヤスケは余の活躍をどこかの時代から見ているがよい。そのうちに、また訪ねて参れ。キャンディをたあんと持ってな」

「キャンディなんか、この時代なら飽きるほどあるよ、上様」

それは楽しみだ、と信長は言った。

そして意外にも、少し心細そうにしていたが、やがて、

「ヤスケ、では、さらばじゃ」

と、背中を向けた。鬼は、雑踏の中に消えていく背中を見送りながら、最後まで恰好をつける上様だったなあ、と苦笑いをもらした。寂しいという気持ちなど知らないで生きてきた鬼だったから、信長の後をついていきたくなっている自分の気持ちが不思議だった。

いつかまた、名前を呼んでくれる人間に会うことがあるのだろうか。

鬼は、信長の真似をして、フンと頭を反らしてから、時空の穴を戻って帰ってきた。そしてお茶を飲みながら、店にもちゃんとした名前をつけてやろうとふと思いついた。時を自在に行き来する「萬年堂」なんてどうだろうか。そうだ、管ギツネに看板の字を書かせよう。そんなことをいろいろと想像しつつ、鬼は未来から手に入れてきたコーヒーなるものを飲み干したのだった。

十一　別れを告げて

ヤスケの長い話を聞き終わった栄は、しばらく黙っていた後で、「それからあんたはヤスケという唯一の鬼になったんだね」と言った。

「ああ。名前をつけてもらって、オレは初めて『ここに居る』という気持ちになれたよ。どれだけ妖かしがいても、ヤスケという名のオレという鬼はオレ以外にはいないんだ」

「その後、ノブナガとは会っていないの？」

鬼は、恥ずかしそうに頭を掻いて言った。

「会いに行こうと思えば行けた。正直なところ、アイツを助けてしまったことで、未来がとんでもないことになるんじゃないかと、ヒヤヒヤしていたから、何度も見に行きかけたけど、これ以上特定の人間に深入りしてはいけないと思って止めたんだ」

栄は、「ホント、真面目な鬼だねえ」と、お気楽な声で言った。

「あたしは、そんなに真面目に考えなくてもいいと思うけどなあ。とりあえず、戦国時代はこのお江戸の時代と繋がっているんだろ？　今のところ、全然影響があるようには思えないよ。あんたはヘイセイの後のことを心配しているらしいけど、ノブナガがどう生きていこうと、せいぜいが百年足らずのことで、たいした差はないのさ。仮にノブナガが大悪人になったとしても、それはあんたの所為ではない。その時代に、大悪人が生まれる条件ができていて、それに乗っかったというだけのことだよ。もしノブナガがそうならなくても、他の誰かがなったのさ」

栄の言うことは、管ギツネの話のように、よくわからなかった。

「例えば、あたしは今朝のおまんまをイワシで食おうとしていたのに、おとっつぁんがゆうべ酒の肴に食っちまったから、古漬けで茶漬けにして食ったんだよ。その差に大した意味なんかあるかい？　古漬けは古漬けで美味かったよ。ね、その程度の変化はどうとでもなるもんさ。この、八百万《やおよろず》の神様がおわす日ノ本ではね、森羅万象がうまく動いていっているの。まあ、あたしは、絵さえ描いていられたら他のことなんてどーでもいいけど」

栄に言わせると、歴史の食い違いなど、イワシと古漬け程度の話になってしまうらしかった。まあ、確かに数十年後に起こることが今起こったとしても、人間は、なんとか辻褄を合わせていくものだろうけど。

「さて、すっかり時間が経っちゃった。おとっつぁんに、手伝いもしないでどこ行ってたって叱られちゃうね。ただでさえ、最近は、いつまでもぶらぶらしているって嫌味を言われまくってるんだから」

「栄」と、ヤスケは、気になっていることを聞いてみた。

「お前、これからどうするんだ？　嫁に行く気はないのか？」

栄は、きょとんとした後に、大きな声で笑いだした。

「貰ってくれる男なんかいないよ。飯もろくに作れない、裁縫もできない、掃除はあの通りときてる。それに、第一、不器量だもの」

そんなことはないよ、と言いたかったけれど、鬼のあんたに褒められてもねえ、と返されそうで、黙ってヤスケは石を蹴った。

栄は、その様子を見ていたが、「実はさ」と切り出した。

「縁談が一つ、あることはあるんだ。おとっつぁんの弟子で、南沢等明っていう絵師から申し込まれてる。こいつがおとっつぁんに心酔してて、師匠のお嬢さんならぜひにって、物好きもいいところだよ。裕福な家のボンボンでさ、嫁に来てくれるなら、何もしなくていい、好きな絵だけ描いていてもいいって、願ってもない条件なのさ」

「その話、受けるつもりなのか？」

栄は笑ったが、苦笑いに近い笑い方だった。

「これ以上良い話なんてないだろう？　おとっつぁんが、いつまでも置いとくわけにはいかないって言うんだもの。あたしがどうやって一人で食べていくのさ。この縁談は、渡りに舟だよ。人には添うてみよ馬には乗ってみよっていうしさ、案外、なんとかなるんじゃないかな」

他人事のように言う栄に、思わずヤスケは思いを口に出していた。

「栄、オレと一緒に来ないか？」

信長以来のことを、自分から言ってしまっていた。言ってから、栄を連れていって、一体自分はどうするつもりなのだと思った。今の言葉は、本当に自分の口から出たのであろうか？　栄の笑顔が、固まった。

「すまん、冗談だ」

ヤスケは、思わず慌てて打ち消してしまった。

「その冗談は…笑えないね」

栄は笑顔を引っ込めて、さっさと家に向かって歩き出した。ヤスケのことは一度も振り返らなかった。ヤスケは、もうエドに用はなくなったのだ、二度とここに来ることはあるまいと思った。

中州の店に帰ってきたヤスケは、なんだかすべてが虚しくて仕方なかった。これまで夢中になっていた商売も、あれほど楽しかった銭金を集めることも、なんだかどうでもよくなってきた。ヤスケは、千両箱をいくつも持っていて、文、貫、両、朱、銭、匣などと、細かく分類していた。その時代にまだ発行されていない貨幣を使って混乱を招くことのないようにと考えていたのだったが、突然何を思ったか、片っ端からそれらの箱をひっくり返した。

チャリンチャリン、ジャラジャラジャラ……。

寛永通宝をつかんで、部屋の外に投げ飛ばす。小判も大判もあった。印刷された綺麗な絵の金は、飛んでいかないので破り捨てた。ひらひらと舞って、何枚も時空の川の流れに消えていったが、ヤスケは虚ろな目をしてそれを見送った。

『あーあ、虚しいなあ。金なんか、いくら集めてもそれが何だというのだ。商売は確かに楽しかったけれど、知りたくなかった未来まで知ってしまった。オレは、いつのまにか調子に乗って、自分が神様みたいな気になっていたけれど、本当はただ闇雲に動き回っていただけだった。それくらいなら、自分の時代に留まって、自分の生まれた時代を精一杯生きた方がよかったのかもしれない。人間は、瞬く間に老いて死んでいくのに、それが実に生き生きとして見えるのは、時が区切られていたからなのかなあ。時間が限られているというのは、案外悪いものではないのかな。では、オレにとってそもそもの居場所だった時間は、どこにあるのだろう。まずは、この店から外に出てみるとするか」

ヤスケは、ヘイアン時代・山の中の、昔仲間と暮らしていた洞穴に、久しぶりに出かけてみることにした。

ヤスケが顔を出すと、仲間の鬼達は訝し気な顔で出迎えた。

「あれ？　お前、ずいぶん久しぶりだが、生きていたのか」

ヤスケは、仲間達が自分を覚えていてくれたのが嬉しかった。

「ちょっと旅をしていた。少し疲れてしまったので、体を休めたくて帰ってきた」

ヤスケがそう言うと、仲間たちは、「お前はいつもじっとしていないから、たまにはゆっくり休まなければ」と、優しい言葉をかけてくれた。仲間達に嫌われていると、勝手に思っていたヤスケは、嬉しさよりも戸惑ってしまうのであった。

『オレはもっと、本来の自分の居場所を大事にするべきだったのだろうか？』

すると、仲間の一人が、「あれ？」と、言った。

「お前、人間の匂いがするじゃないか。臭いと思った」

「うん、確かに人間臭い。山の空気が汚れるぞ」

他の仲間も口々に言いだした。

「それに、わずかの間に、また背が縮んだな。まるで人間と言ってもいいくらいに」

「ツノはどうした。ずいぶんと小さくなってしまったじゃないか。口を開けてみろ。牙はあるんだろうな」

ヤスケは、この頃は人間の世界に行っても、あまり違和感がなくなっていた。周囲の人間から、じろじろ見られることも減っていた。それは、自分が人間社会に溶け込むのが上手になってきたのだと思っていたが、仲間達に言われて、ヤスケ自身が人間に近くなっていたのだと理解した。

「ごめん。気分が悪くなったので、また来るよ」

そう言って駈け出した。後ろから、「気分が悪くなるなんて、まるで人間みたいだな」「やっぱりアイツは変わり者だよ」と、笑い合う声を聞きながら――。

季節は夏の初めであった。いい陽気で、この時代の空はどこまでも青くて悲しくなるほどだった。小川を見つけて、ヤスケはヤマユリを揺らしながら、流れに入っていった。流れの淀んでいるところで、自分の姿をまじまじと見た。人間にしては大男だが、鬼としてはてんで小柄の、中途半端な自分であった。水で濡らして、日頃は隠しているツノを露わにすると、大きなこぶ程度の盛り上がりがあった。

「これほどまでではなかった。確かにもっと鬼らしかった。そうか、オレは、時空を何度も行き来しているうちに、能力をすり減らしてしまっていたのか」

小川の中にヤスケは座り込んだ。そして、ぼんやりと、せせらぎを聞きながらどこまでも青い空を見ていた。ヤスケは、寂しかった。

十二　栄のその後

もうエドに行くつもりはなかったのに、ヤスケはまた訪ねてきてしまった。いつまで時空を行き来できるかわからないと思ったら、もう一度だけ栄に会いたくなったのだった。自分でも理由がわからないまま、できるだけ前回の別れから近い時間に狙いを定めてやってきたのだったが…。

「やっぱりなあ」

以前訪ねたことのある長屋には、とうに別の人間が住んでいた。北斎の引っ越し好きは治っていないらしかった。ヤスケは、栄の嫁ぎ先である南沢等明という男の住所を知らないので、父親の北斎に訊くしかなかったが、北斎自身も、引っ越し魔であるのを忘れていた。

「そうだ、こういうときは……」

不確かなアテを頼りに、ヤスケは両国橋を目指して歩いた。そこら中で桜が満開であった。花見の季節も手伝ってか、いつもの茶店は、簡易な小屋であったものが、立派な店構えとなって、あいかわらず繁盛していた。人通りは多いし、味も良い、商いの模範のような店なのだった。団子、ところてん、安倍川もちに、うどんや蕎麦まで扱っていた。

ゴマ、みたらし、あんこの団子を三本ずつ買って、ヤスケが橋のたもとに向かい、

「おい、タマあ、団子だぞい」と囁くと、小さく応える鳴き声がした。

タマは、草むらからのっそり現れると、つい昨日別れた風に、ヤスケに向かって綺麗に二つに分かれている尻尾を振ってみせた。そして当然のようにヤスケの横に座り、ゴロゴロゴロと喉を鳴らしながら、団子を美味そうに舐め始めた。

「あんたはホントに毎回突然やってくるにゃあ。で、またお栄ちゃんの住んでいる家が知りたいのかい？」

タマは、口の周りのあんこを舐めとりながら聞いた。

「うん。金持ちのところに嫁に行ったんだろう？　元気なのを確かめたら、それだけでいいんだよ。栄は幸せに暮らしているかい？　子供の二、三人はできたのかな？」

そういうと、タマの舌が止まった。大きくため息をつく。

「あー、お前さん、その後のことは何も知らないンにゃね。確かに、絵師と夫婦にはなったけど、子供もできないうちに離縁されてしまったよ。なんでも、亭主の描いた

絵をコテンパンにけなして大喧嘩になったとか。お栄ちゃんは絶対にあとに引かないもんだから、亭主が頭にきて三行半を突き付けたってさ」

三行半とは、夫が妻に渡す離縁状で、離縁との旨を三行半で綴るものであるが、文字の読み書きができない庶民の場合でも、長めの棒線を三本と、短い棒線を一本引くだけでも意味が通じたということであった。いずれにしても、栄にとっては屈辱であっただろう。出戻りとなったとは、実は栄を溺愛している北斎も、さぞ悔しかったことだろう。

タマは、最後のゴマ団子を腹に収めて、大きく伸びをした。

「さあて、腹も膨れたし、昼寝でもするかにゃ」

「おいおい、肝心の栄の居場所は？」

「あ、そうか。今は緑町に父娘で一緒に住んでるよ。一昨年、北斎先生は中風にかかっちまって、お栄ちゃんは必死で看病したんだよ。ようやくまた絵を描けるようになったと思ったら、今度はおっかさんが死んじまって、北斎先生は、一時期は、目も当てられないほどへこんじまった。で、深酒もするしで、お栄ちゃんは大変だったんだよ」

栄はそれなりに幸せに暮らしていると信じていたヤスケにとって、ショックな情報であった。ヤスケは、「まだそんな苦労をしているなんて。栄も可哀想に」と、呟いた。

タマは、耳の後ろから顔を洗い出した。明日は雨かもしれない。そして言った。

「そりゃあ、離縁されたのは悲しかったと思うにゃあ。でも、あたしが見るに、お栄ちゃんは、やっぱり北斎先生のところにいる方が、生き生きしているよ」

「仕方のないファザコンめ」

「ふぁざ、こ…？　にゃんだい、それ」

「父親のことが好きで好きで堪らない娘のことだよ。そんなんだから、亭主と上手くやっていけなかったんだよ」

タマは笑って言った。

「父親が好きってのとは少し違うにゃ。お栄ちゃんは、親父さんの絵に惚れ込んでいるんだよ。もしも北斎先生が、絵師でも何でもないただのだらしない親父なら、とっくに離れていただろうさ。鬼の兄さんは、やっぱりまだお栄ちゃんのことが、よくわかっていないんだねえ」

ヤスケは、カチンときた。

「うるさいな。俺がなんで栄のことを理解する必要がある。まあ、教えてくれたのは感謝するよ。緑町だな。行ってみるわ」

「団子、ご馳走様。今度はみたらし多めで頼むにゃ」

今度なんかあるもんかと捨て台詞をはいて、ヤスケは緑町目指して、大股に歩いていった。北斎は、ころころと引っ越しをするけれど、浅草辺りを中心に、あまり遠くには行かないのが助かる。緑町も、ヤスケの脚なら一刻もせずに辿り着いた。

ところで、栄は今いくつなのだろう？　タマに肝心のことを聞き忘れてしまった。

北斎と栄のことを、ご近所に訪ね歩くと、じきに今の住所がわかった。やはり、普通の暮らしぶりはしていないようで、「ああ、あそこの絵師の家かい」と、噂になっているらしかった。よくも悪くも目立つ父娘なのだった。

しかし、来たはよかったが、どうにも家には入りづらくて、ヤスケは、根気よく栄が出てくるのを待った。辺りからは晩飯の支度をする匂いが漂ってくる。それも過ぎて、そろそろ寝始める時刻となっても、栄と北斎の家の戸はぴたりと閉まったままだった。

と、にゃあーおうと、猫の長鳴きが響き渡った。

栄が、引き戸を開けて、外を覗いた。途端に、ヤスケと目が合った。どちらも、何と言ってよいかわからない風で、しばらく黙って見つめ合っていた。

先に話したのは、ヤスケだった。

「あー、久しぶりだな。少し話がしたいのだがな」

ふっと表情を緩めて、栄は「誰かと思ったら…」と、言いながら、後ろ手に引き戸を閉めた。

「ちょっと歩こうか。鬼の風来坊さん」

入り組んだ路地を、二人は並んで歩いた。ヤスケは、あんなにガリガリの色黒娘だった栄が、すっかり女っぽくなっていたのに驚いた。

そして、何か言わねばと、気ばかり焦った。

そんなヤスケを見るでもなく、栄は黙ってずんずん歩いていって――。

「十五年かな」

唐突に口火を切った。

「こないだ別れてから十五年だよ。十五年もほっつき歩いてるから、あたしは、すっかり年増の出戻りになっちまった。あんたは、あいかわらず好きな時に出てきて、またふっといなくなって、気楽なもんだね。まだあんたへの支払いがあった気がするけれど、もうチャラでいいよね。利子をつけるなんて言われたら、布団でも質に入れるけどさ」

ヤスケは、三十三歳になっている栄に、子供に対するように言った。

「支払いなんて忘れてたよ。オレが悪かった。欲しいものをやるなんて言ったくせに、お前がいろいろと大変な時に力にならなかった。現れずに済まなかったな」

栄は、ふんと口を曲げて、

「別に、あんたがいたからって、大した違いはなかったと思うけど」

「旦那がひどいヤツだったのか？　オレが喰ってきてやろうか」

栄が、初めて笑った。苦笑というやつだったけれど。

「等明が悪かったというより、あたしが所帯持ちに向かなかっただけだよ。嫁に行った以上は、あたしなりに頑張ろうと思っていたのさ。だけど、ダメだった。絵だけ描いていればいいとか言ったくせに、やっぱり飯時になると、飯の支度をしないと亭主が怒るのさ。最初は黙ってしらーって目で見ていただけだったのが、だんだんネチネチ嫌味を言い出してさ、女の仕事を何一つできないなんて、俺は世間の物笑いだとか言って、それもしつこいのさ。女々しい奴だよね。そんなことは承知の上であたしを貰ったんじゃないのかいって言いたかった。あたしは別に騙したわけじゃないんだよ。

あたしは、そういう生まれつきなんだ。例えば、夕顔の花が一輪咲いたら、あたしは自然と絵筆を握ってしまうんだ。飯の支度なんてしていたら、花が萎れちまうじゃないか。ある日、等明が渾身の出来だという絵が、てんで見られたもんじゃなかったから、あたしはつい笑ってしまったんだね。あたしに悪気はなかったんだけど、等明を怒らすには十分だったみたいで、それからすぐに離縁されちまった。まあ、それだけじゃなくて、亭主もあたしに嫌気がさしていて、何かしらきっかけを待っていたんだとおもうよ」

ヤスケは、夫の絵を酷評している栄の姿が目に浮かぶようだった。

「そりゃあ、…亭主も絵師なんだよな。可哀想に、男の、絵師の誇りを踏みにじられたんだろうな。誰もが、お前のおとっつぁんみたいな天才ではないんだよ」

北斎の名が出ると、栄は顔を輝かした。

「そうなんだよ、おとっつぁんはやっぱりすごいんだよ。中風になった時は、もう絵は描けないかもしれないと思ったけれど、どうしてどうして。おっかさんも死んじまって、おとっつぁんにはもう絵しかないんだもの。今までだって、絵の鬼だったけど、絵への執念だけで生きているようなものさ。娘のあたしも怖くなるときがある」

ヤスケは、一つ溜め息をついてから、栄に言った。

「そうかい。そしてお前は、そんなおとっつぁんの側にいたいんだな」

「そうだよ。ずうっとそう言っているよ」

栄も父親譲りの絵の鬼だ、絵のバカなんだとヤスケは納得した。北斎の役に立ち、北斎と共に、誰にも描けない絵を作り上げることが、この女の唯一の願いなのだ、と。だとしたら、栄には自分のために欲しいものを尋ねても無駄だったのだ。

ヤスケは聞いた。

「栄、おとっつぁんのために、欲しいものがあるか？」

「あったらどうするの？」

「オレが、妖かしの力を使って、手に入れてきてやるよ」

栄は、真顔でヤスケに向き合ってから言った。

「すごくほしいものがあるんだよ。今おとっつぁんは、富士のお山を夢中になって描いているんだ。それこそ精魂こめて、何枚も何枚も。去年は、うねる荒波をどどーんと大きく描いて、遠目に富士のお山が見えている絵を仕上げたんだけど、彫り師も摺り師も、えらく苦労したってよ。そりゃそうだろうよ。あの迫力は、おとっつぁんだから出せるんだもの。どうしたって、他人の手が入ったら劣化するよね」

栄の言うには、北斎は自分の作品に満足がいったなら、木版画になるまでの過程で多少の不満が出てきても、それは仕方ないと割り切っているのだそうだ。あくまで己の作品の出来上がりにこだわっていて、それ以外の売り上げとか評判とかは、あまり気にしないのだろう。芸術家には、この類の人間が多いとヤスケは知っていた。

「で、オレに何を持ってきてほしいんだ？」

「赤い絵の具」と、栄は即答した。

「おとっつぁんがこれまで描いた富士は、青が多いんだ。ベロ藍という顔料が出来てから綺麗な青色が使えるようになったから。さっき言った波の絵も、ほとんど青一色さ。でも、赤は普通の赤顔料しかない。おとっつぁんは、それだと満足できないんだって。以前、旅の途中で見た夕焼けの真っ赤な富士のお山は、その程度の赤じゃなかったんだって。そんな赤色は、おとっつぁんの頭の中にしかないかもしれないのに、あの鮮やかな赤色でないと、赤富士は描けないって」

芸術家はこだわり屋で我儘だ。加えて、北斎は頑固じじいである。ヤスケの心の声を読んだように、栄が言った。

「最近は頑固にますます磨きがかかってきて、狂ったように、この赤じゃねえ、地の底から湧き上がってくる赤だ。日輪のほむらに焼かれる赤なんだよって、怒ると茶碗を投げつけてくる。まあ、あたしは慣れているからいいけどね」

ヤスケは、腕組みをして考えた。未来から赤絵の具を調達することは不可能ではない。まだその程度のことをする力は残っているだろう。でも、それではダメだとわかっていた。エドに来た日に、北斎の機嫌をとろうと、水彩絵の具を見せたとき、綺麗だけれど、軽い、浅いとダメ出しされた。

ありきたりの絵の具じゃだめなのだ。北斎の頭の中に根を下ろしてしまった、〔地の底から湧き上がってくる、日輪のほむらに焼かれる〕赤でなくてはならない。そして、いつまでも色褪せてはならない不滅の赤……。

栄は、そろそろ帰らなくちゃと言って、ヤスケを振り返った。

「今度はどのくらいいられるの？　あれ？」

ヤスケの姿がなかった。

あの鬼め。折角来ても、いつもバタバタしているんだから。挨拶もなしで行ってしまうなんて、気紛れにもほどがある。少し腹を立てながら、栄は夜桜の匂う夜道を帰っていった。

その頃。

「一つある」ヤスケは呟いた。

「あるにはある。しかし、それは…」さらに呟く。

「腐っても妖かしなんだから、死にはすまいが、しかし、それでも…」

「何をオレは迷っているのだ。そもそも、何かをしてやる義理も理由もないのだぞ」

「だけど、オレはしてやりたいと思っている。どうしてなんだろうか」

長いこと目を閉じて、自問自答を続けていたが、やがて、意を決して立ち上がった。

そして、大きな容器を用意すると、鋭い刃物を己の腕に押し当てた。


コツンッと、外で物音がした。寝床を敷いていた栄は、最初空耳かと思った。今度は猫が長あく鳴いた。何度も何度も鳴いた。

タマのヤツ、一体何だってんだろうとぼやきつつ、表に出た栄は、大きな樽が置かれているのを見つけた。布を取り払ってみて、小さく悲鳴をあげる。

「お、おとっつぁん、これを見とくれよ」

のそのそと出てきた北斎も、脇から覗き込み、目を見開いた。

「血…なの？　気味が悪いよ」

「何言ってんだ。お前は絵師の端くれのくせに、血糊と顔料の違いもわからんのか」

北斎の命令で、樽を家の中に入れる。重いので、もう一つ樽を持ってきて中身を分けて、なんとかこぼさずに運びこんだ。

北斎の目の色が変わっている。さっきまで眠たそうにしていたのが、今は瞳に、らんらんと炎が点っていた。その辺に散らかっている反故紙の中から大きめのものを選ぶと、絵筆にたっぷり樽の中の液を含ませ、さあーっとひと刷毛滑らせた。もうひと刷毛、今度はちょんちょんちょん、と点を描く。

「これだ。これだよ。これなんだよ」

狂ったような笑いを顔中に浮かべて、そのまま筆を走らせていく。その顔料は、時間を経ても、色褪せも黒ずみもしないと何故かわかるのだった。

北斎は呻いた。

「栄、俺は、これで富士のお山を描けるぞ。早く原版を描く準備をしろい」

描ける描けると呟き続ける北斎を見ながら、栄はハッと気がついた。

「ヤスケっ！」

表に駈け出したが、シンと静まった長屋町は、動くものは何もなかった。

それでも、口に出してみた。

「ヤスケ、ありがとう。あたしの願いをきいてくれたんだね。本当にありがとう。また来てくれるよね？　明日か明後日か、もうちょっと先かい？　いいよ、あたし、待ってるからね」

夜の風は、ほんのり花の香がした。家の中から、「おうい、応為。早くしろ」と怒鳴る北斎の声は、嬉しさに満ちている。

「はいよ、今いくよ、おとっつぁん」

栄も嬉しそうに返事をするのだった。

十三　予期せぬ遭遇

ヤスケは、靄のかかった流れを、ふらつきながら歩んでいた。時間がたゆまず進むそれは、道というべきか河というべきか。

怪我なんてすぐに治ってしまう鬼であっても、さすがにあれだけの血を流すのはきつかった。赤の顔料に、燃えるような色の血を注ぎながら、これで死んだら人間みたいだな、まあそれも悪くないかもな、なんて考えていた。樽を北斎の家に置きに行く力すら残っていなかったので、タマに頼んだ。タマは、団子も何も要求しないで承知してくれた。

黙々と歩きながら、ヤスケは思った。

「栄、オレはどうしてか人間が好きで、こんな萬年堂なんていう、人間相手の商売をやり出したのだけれど、どんな人間でも好きってわけじゃなくて、好きなことにのめり込んでいる人間が好きだったのだ。誰もが好きなことだけやっていられるわけじゃない。大抵いろんなシガラミや邪魔が入るし、他人とも衝突することが増える。そうすると、やりたいことつまり夢ってものを放り出す方が楽だったりするものだ。やりたいけれど、仕方ないんだ、などと、言い訳を探したりして。

愛しい人間なる生き物よ。泣いたり笑ったり怒ったり――。束の間の命を、くるくると、生き生きと、精一杯燃やして生きている。他の生き物よりも恵まれていそうなのに、他のもののように悟ることができずに、勝手に悩んで苦しんでいる。しかし、夢をつかもうとあがく姿は美しいのだ。

寄り添って、側で鑑賞したかった。最初はそれだけでよかったのに、だんだん欲が出てきて、商売と関係なしに関わりを持つのが楽しくなった。

それでこの始末だよ。管ギツネの言ったとおりだった。人間と関わるなって、あいつは口を酸っぱくして言ってくれたのになあ」

苦笑が浮かんだ。

ところで、ここはどのあたりだろう？

少し前に、ノブナガを下ろしたレイワを過ぎた。ここから先は、ヤスケにとっても未知の時代だった。時空の流れから反れてみる気は起きなかった。最後に会った管ギツネの言葉どおり、未来に行くほど、迷信や神話や妖かしの存在が、人間から信じられないものになっているのなら、神は畏れ敬われておらず、不思議のモノ達は存在すら認められていないのだろう。そんな世界は見たくなかった。かといって、ヘイアンに戻る気もなかった。あそこは自分の帰る場所という気がしなかった。

『管ギツネの他には友達なんていないし。というか、妖かしが友達なんて、そもそも欲しがらないものだしな』

ふと、「過去に戻ることもできるよな」と、思いついた。信長がバカ殿と呼ばれていた時代に戻って、一緒に年をとる。或いは、栄がまだヨチヨチ歩きの頃に戻って、その成長を見守ってやる。何度も時間をループして、繰り返し彼らと共に生きることはできるのだ。

強い誘惑を感じたが、やはりそれは止すことにした。物事は、一度だから良いこともあるのだ。彼らと生きて、最初はよくても二度三度四度…苦しさが増していくのは予想がついた。

『人間は、オレの玩具ではないんだ。こんな当たり前のことが、どうして今まで分からなかったのだろう』

　ヤスケは、ああと膝を打った。気づいてしまったからだった。オレは寂しいのだ、ということを…。何故なら、別れたくないと思う相手が出来てしまった。失くしたくないものを見つけてしまった。だけどそれは、ヤスケと一緒にずっと居ることができない生き物だった。人間は、すぐに死んでしまうのだ。当たり前のこととしか思っていなかったけれど今はいやだ、悲しいと思っていた。どうしようもないことに対して、ヤスケは駄々っ子のように抗っていた。

「オレは置いていかれたくないんだよお」

　ヤスケは、自分が泣いているのに気がついた。泣きながら、白暮の世界を、ただあてもなく、ずんずん歩いた。このまま行けるところまで行こうと思った。

　白靄の中、ヤスケの横を様々な時代が流れ去っていく。繰り返す争い、愚かな欲望の果ての悔恨、また争い。やり直せるならやり直したいと、幾千幾万の人間が願うだろう。だけど時は止まらずに、先へ先へと進んでいくのだ。ヤスケは、ほんの少し、絶対的である時の法則に逆らった。でも、それに何か意味があっただろうか。

『オレのしたことなんか、栄が言っていたように、イワシが古漬けになった程度の影響しかなかったな』

ヤスケは、笑おうとしてせき込んだ。そろそろ先に進みにくくなってきた。息苦しくて、立ち止まった。まだまだ白い未来はずっと続いているけれど、ヤスケの力ではこの辺りが限界っぽかった。頭に手をやると、ツノがほとんど擦り減っている。倒れそうに感じて、腰を下ろした。ああ、オレはこうして消えるのだと覚悟した。妖かしの最期は、砂のように崩れていくと聞いたことがあった。

「たった一人で、誰にも知られずに消えてしまうのか。仲間達は、寂しいなんて気持ちは持たないのだろうに、オレは寂しくて堪らない。人間になれないくせに、人間みたいな気持ちを抱くなんて、最初から最後まで、オレは中途半端な鬼だったなあ」

うずくまっていると、目から熱い水がこぼれてきた。ヤスケは目を閉じて、その場にごろりと転がった。

すると、白っぽい霧の中を、誰かがやってくるのが見えた。ヤスケは思った。人は、死ぬときに、一生を振り返る夢幻を見るのだそうだ。だから今自分が見ているものは幻なのだな。でも、何故出会ったことのない子供の幻なんかを見るのだろう。目の前のその子は、大人になりきっていない若い少女で、ぴっちりしたデザインの奇妙な服に身を包み、魔女のホウキのような形の変わったバイクに乗っていた。

少女は明るく話しかけてきた。

「はあい、あなたがヤスケね。折角会えたのに泣いてるの？　え？　消えてしまいそうだって？　でも、何にだって終わりは来るのよ？　生き物は、いえ無機物であっても、そのサイクルが異なるだけで、等しくいつかは終わるの。それが、自然の摂理というものなのよ」

幻のわりにはよく喋るなと思いながら、ヤスケは返事をした。

「オレは、その摂理に外れた生き方をしてきたから、だから今こんな風に寂しく消えていくんだ。天罰を受けているんだ。鬼のくせに、人間にちょっかいをかけて、歴史の流れをかき回すような干渉をしたのだから」

少女はころころと可愛く笑った。

「干渉？　そうなの？　それで何か変わったとしても、そんなの後世の人間がなんとかすると思うけど？　そもそも人間の歴史自体が、お互いに干渉して紡がれていくのだから、あなた一人くらい加わっても、どうってことないわよ。気をつけて商売していたんでしょ？」

ヤスケは頷いた。その点に関しては自信があった。少女に尋ねてみた。

「あんたは、いったい誰なんだ？」

気の強そうな目をした、なかなか綺麗な娘だった。その目の光は、初めてなのに、どこかで見た気もしないではない。

少女は「あらごめん、自己紹介を忘れていたわ」と言って、バイクから降りた。

「私は、ミス　トミヤマ　シノブ　オダ　ジュニア。ここから、ずうっと先の未来の科学者よ。私のひいひいひいひいじーちゃんが、かなり変わった人で、子孫に、遺言と莫大な信託財産を残したの。我が子孫は、いつかタイムマシンを完成させて、ヤスケという名の鬼に逢え。信託財産はその者にすべて相続させる、とも。

私、日本の歴史を勉強して、ひいひいひいひいじーちゃんが誰なのかわかったの。あなたが、ひいひいひいひいじーちゃんを本能寺で助けてくれなければ、私はここにいることはなかったのね。ひいひいひいひいじーちゃん…長いから、もうじいちゃんて言うわね。じいちゃんは、余生は他人のためになることに費やしたのよ。時代と才能がマッチして、ファッションデザイナー、実業家、ユーチューバー、ロック歌手、武闘家、その他諸々、あらゆる分野で成功したの。だけど、何故か政治家にだけはならなかったわ。ヤスケとの約束を破りそうなリスクのある職業だからって」

ぼんやりしていたヤスケの目が、大きく見開かれた。

「あんたは、ノブナガの子孫なのか？　トミヤマっていうのは？」

「うん、レイワで戸籍を作る必要があって、たまたま手に入ったのがトミヤマだったんだって。まあ、そんな細かいことは気にしないでね。さあ、状況を理解してくれたなら、出かけるわよ！　きっと待ちかねているだろうから、急ぎましょう」

ヤスケは、シノブに急かされて、ホウキ型の機械に載せられた。シノブが、操作盤に素早くデータを打ち込むと、タイムマシンは、軽やかに宙に飛び上がった。時の流れに逆らって飛ぶ。

「どこに行くんだ？」

ヤスケが聞いても、「行けばわかるわ」としか答えない。やがて、タイムマシンは、速度を緩めて、ホバリングをし始めた。シノブは、今度は羅針盤ぽい計器を操った。そして、タイムマシンの側に、ぽかりと開いた横穴に、ヤスケ達は、迷わず飛び込んだ。

豪奢な部屋のベッドに、一人の老人が横たわっていた。かなりの高齢の上に、病魔にも侵されているらしく、身動き一つするのも大儀そうなのに、眼光は鋭く宙を睨んでいた。

その部屋の中央に、突然黒い穴が出現したかと思う間もなく、ホウキ型のバイクと、人影が二つ飛び込んできた。

「ほほう、やはり来たか。さすが我が子孫」

老人は、まるで驚く様子もなく呟くと、人影の一つを認めてニヤリと笑った。

「久しいなあ、ヤスケ。わし、いや余を覚えておるか?」

ヤスケは、言葉を忘れたように、口をパクパクさせていたが、すぐにベッドに駆け寄った。目からまた、熱い涙があふれ出した。

「あああああ……。上様上様、しわくちゃになって!」

信長は、唇をゆがめて笑おうとした。

「口の悪い鬼だな。そうかそうか、嬉しいか。余も、ずっとお前に逢いたかったぞ。しばし、子孫と話す間、お前は存分に泣いているがよい」と、言ってから、今度はシノブに顔を向けた。シノブが優雅に腰をかがめてお辞儀をした。

「こんばんは、そしてはじめまして、おじい様。あなた様のひいひいひいひい孫にあたるシノブと申します」

「うむ。余の遺言に基づいて、タイムマシンを発明し、時空に棲む鬼を連れてきてくれたのは天晴《あっぱれ》である。お前に余の信託財産の権利を授けるとしよう。元の時代に戻るときは、これを持って帰りなさい」

信長は、何かの書付と鍵をシノブに渡した。

「それにしても、お前は、ずいぶんと若いが、未来は若返りの薬でも出来ているのか？」

「私は十九歳です。私の時代の二十三世紀には、若返りの薬は出来ていますけど、私は使っていませんわ。若くしてタイムマシンに成功したのは、おじい様の血を引いて、天才だからです、なんちゃって。

　タイムマシンの理論自体は、私の父の代に確立されていたのだけれど、正確な時間や場所をコントロールする方法が、長らく分からずにいたのです。それを発見したのが私。おじい様に逢いたくて、ヤスケに逢いたくて、すごく頑張ったんですからね」

と、なかなかに自己アピールの強いところは先祖譲りか。

　頼もしい、そして美しい子孫に、信長も嬉しそうであった。

「よしよし。今度は、ヤスケと話をさせてくれ。ヤスケ、お前も積もる話があるだろう。そろそろ泣き止んでこっちへ参れ」

　ヤスケは、顔から手を放して、照れ臭そうに言った。

「オレは、上様にまた逢えるなんて思っていなかったよ」

「余は逢えると信じていたぞ。お前にきちんとお礼をしたかったのだ。おかげで、なかなかに楽しく平和な天下取りをさせて貰ったぞ。いろんなことをやったのだよ。苦労もしたが、切った張ったの命のやり取りと比べたら、児戯に等しき楽しい苦労であった。気がつけば、名声と富を手にしていたよ。お前に逢えたら、なんでも欲しいものを与えてやろうと思っておった。さあ、何か欲しいものはないのか？　遠慮はいらんぞ」

急にそう言われても、ヤスケは何も思いつかなかった。逢えただけで十分だった。銭というものが欲しくて始めた萬年堂だったけれど、もう金は欲しいとは思えなかった。

そういえば、欲しいものはないかと、ヤスケも栄に何度も尋ねたことがあった。栄の望みは、父親の北斎に素晴らしい浮世絵を描いてもらう手伝いをすることだった。洗いざらしの着物、履き古しの下駄、年頃の娘時代でも粗末ななりで、でも自分を着飾ることは、てんから頭にないようだった。そんな栄を、無欲というよりも、世の中にはもっと素晴らしい物が沢山あるのを知らない世間知らずだと思ったこともあった。ヤスケに甘えてこないのを、歯がゆく思ったものだった。

でも、確かに、望みが叶っている者にとって、欲しいものなんて問われても意味がないのだと、ヤスケは理解した。静かに言った。

「何も欲しいものはない。さっきまで寂しくて仕方なかったけど、思いがけず上様にも逢えたし、心置きなく消えていけるよ」

信長は怪訝な顔をして、

「消える？　お前は不老不死では……」と言いかけて、

「おいおいヤスケ、どうしたのだ。ツノがなくなっているし、体も小さくなっている。まるで、人間と言っても違和感がないぞ」

ようやくヤスケの変化に気づいたようだった。

「お前…、力を使い過ぎたのではないか？」

さすがに、信長は理解が早かった。ヤスケが妖かしとしての力を失いかけているのは、時元の行き来を頻繁にしていた以外の理由もあるかもしれなかったが、それが一番の要因であるのは間違いなかろう。ヤスケ自身がそう感じていた。ただ行き来していただけでない。自分の中で、過去と未来がもうごっちゃになっている。自由に時間を飛ぶのに不可欠な、特定の時代・人間に執着しないという条件も、今はクリアしているとは言いかねるのだった。考えてみると、管ギツネが口を酸っぱくして忠告していた、あの三つの心得を、ヤスケはすべて破っているのだった。

だから、ヤスケは観念していた。自分は、時の神様の定めた摂理に反したことをやり過ぎてしまったらしい。ならば消えるのは仕方がない、と。

「上様、オレは力を使い切ったらしいよ。じきに消えるけど、それも本望さ」

信長は、静かに言った。

「そうか。お前がそういう気持ちなら、余も納得しよう。そういう余自身も、三日後には死ぬ身なのだ。遺言書に、余の死の三日前に現れるようにと書いておいたからな。今日が死の三日前ということになる。お前達に逢えて、余は満足して死んでいけるよ」

すると、一連のやり取りを聞いていたシノブが口をはさんだ。

「おじい様、このタイムマシンで、私と二十三世紀に行きませんか？　未来で治療を受ければ、おじい様はもっと長生きができます。そして、私と一緒に、いろんな時代に行っていろんなものを見聞きしませんか。おじい様のような特異な方が、このまま、普通の人間みたいにお亡くなりになるなんて、勿体ないですわ」

「なるほど。なあ、ヤスケ、どう思う？　余は二度目の脱出を勧められたが」

信長は、ヤスケの目を見て尋ねた。ヤスケは黙っていたが、信長は笑って言った。

「うむ、そうか。そうだよな。

シノブ。やはり止めておくわ。余は、普通の人間でよい。いや、そうありたいのだ。それが幸せだという気がするのだよ。余はあと三日、幸せを噛みしめて死んでいくことを選ぶ。六天魔王として、多くの人間を踏みにじってしまった我が身には、勿体ない運命であったよ」
　そして、ヤスケの手を取って言った。
「さあ、もうお前達は帰るがよい。余も少々疲れたからな。
だがヤスケ、お前は多分最後の時間移動になるのだろう。だから、お前がいちばん
行きたい時代の、そしてもしもいるのなら、いちばん一緒にいたい人のいる場所に行
くとよい。そこで根を下ろして暮らすのだ。そこがお前の居るべき場所なのだよ」
　ヤスケは頷いた。だが、そうしたいのはやまやまでも、彼はもう、時の座標をきち
んと見極めることができないのだった。だから、栄の赤ん坊時代とか、逆に死んだ後
とかに行ってしまいかねないか心配だった。
　それを打ちあけると、信長がからからと笑って言った。
「なんだ、ヤスケ。寂しい鬼は卒業しておったのか。こやつ、生意気に好きな人間が
いて、そこに行きたいのか。女だな。よかったのう。重畳重畳。シノブ、時間の座標
については、お前のタイムマシンは正確だろうな？」
　シノブは、頼もしく腕組みをして請け負った。
「もちろんだわ。ヤスケ、安心して。私も、一族の恩返しができて嬉しいわ。
じゃあ、おじい様。これで失礼するけどお元気でね」

「ああ、あと三日は元気だよ。お前達に逢えて嬉しかった。気をつけてお行き」

タイムマシンに乗り込むと、シノブとヤスケは、再び時空の流れに向かって、細いトンネルのような穴を潜り抜けた。ヤスケが最後に見た信長の目は、優しい光に満ちていた。

十四　萬年堂閉店

盛んだった蟬の声は、陽が傾いてきて、ヒグラシのそれに替わっていた。栄は、浅草は誓教寺の境内で、額の汗を拭いつつ、溜め息をついた。北斎が五月に逝ってしまって、この寺に埋葬されたため、栄は住まいを寺の近くに構えたのだった。こじんまりした小規模の長屋の隅部屋で、歩いて四半時ほどの場所にある。毎日北斎の墓参りに来られるのだった。この三月ばかりの慌ただしさといったら、大変なものであった。父北斎は、人付き合いなど、てんで苦手な男と思っていたのに、葬式に来た客たちは、錚々たる面子であった。意外にも、そして嬉しいことに、あの変わり者の父は、栄が思っていたよりは、ずっと弟子たちに慕われていたらしく、皆で金を出し合って、大層立派な葬式をしてくれた。墓碑には、「画狂老人卍墓」と刻まれた。父にぴったりだと栄は思った。

数歩歩いて、また溜め息が出た。悲しいのではなかった。父は立派に生き切ったと思っている。なにせ九十歳の大往生である。武家の子として生まれたのに冷遇され、苦労の末に町絵師となった父であるから、人相応の苦労はしただろうけれど、それでもやりたいことをやって生き抜いたのだから、本望であったと思わなければ、欲が深すぎるだろう。転々と住処を替えながら、ひたすら絵を描く父との日々は楽しかった。江戸ばかりでなく、旅を共にして、信州の小布施というところにも住んだ。どこもかしこも、この国は、描きたいもので満ちていた。父は、栄を含めて、誰もが、見た瞬間は息が止まるような絵も、沢山残していってくれた。もっとも本人は、死ぬ直前まで絵を描いていたから、まだまだ描き足りなかっただろうけれど、九十歳なら長寿も長寿、死ぬのは避けようがないことだった。父に関しては、栄も何も思い残すことはないのだった。

だけど……、栄は今年五十になる。

寂しい笑いと独り言が出た。

「いやだねえ。おとっつぁんが死んでからというもの、毎日ぼうっとしちまって…。

部屋はずっと綺麗になったし、自分の絵だって好きなように描けるのに、なんかあたしの魂の一部がどっかに行っちまったみたいだよ」

　栄は栄で、多少は絵の注文も入る絵師になっていた。北斎が、誰かに「応為の絵は俺より上手い」と言っていたそうだが、そんなのは、栄に言わせれば、親バカもいいところだ。栄は、北斎の娘ということで貰った仕事も多いことくらい知っていた。

『この時代、女ってだけで、一段下の絵を描くと思われてしまうんだ』

　時代という言葉を使ったので、またあいつのことを思い出してしまった。あいつを思い出すと、なんだか腹が立つのだった。だって、結局あれから一度も来てくれなかった。赤の顔料の礼もちゃんとしていないのに、本当はおとっつぁんだってずっと待っていたのに、どうせあたしら親子のことなんざ忘れて、他の時代とやらで楽しくやっているんだろうさ。鬼だものね。人の心なんか持っていないのは仕方ないわな。

「ほんと腹が立つよ。でもまあ、寂しくてへこんでいるよりは、腹を立てていた方が、元気が出てよいか」

　栄は、苦笑しつつ空を見ていた。

と、その空の一点に、黒い点が出来た。みるみる広がって、「それじゃあ、せいぜい幸せに暮らしなさいよ」という女の声がしたかと思ったら、人が天から降ってきた。

人はどさりと音を立てて、栄の目の前に落下した。

「ひゃあっ」

思わず栄は悲鳴をあげる。

普通なら、絶対に助からないはずなのに、その人影は、すぐにむっくりと起き上がって、栄に向かって笑いかけて言った。

「おお、さすがにタイムマシンは正確だなあ。どんぴしゃりでお前のところに来られたよ。そこの美人は、栄、あんたお栄なんだろ？　ほら、オレはヤスケ。覚えてるだろ？」

栄は、何も言わずに突っ立っていた。懐かしさと嬉しさと、怒りと…。いろんな感情がごっちゃになって、すぐに言葉が出てこなかった。無表情でヤスケを見ているだけだった。

ヤスケが、今度は不安そうな顔になって言った。

「なあ覚えてるだろ、ほら鬼のヤスケだよ。チョークとかかんざしとか顔料とか、いろいろやっただろう？　団子もいっぱい食べさせてやったし…」

しかし、ヤスケが言い終わらないうちに、栄は、そっぽを向いて歩き出した。かすれた声で素気なく言い放った。

「あんたなんか見たこともないよ。じゃあね、さいなら」

ヤスケは、今度は情けない顔になって、栄のあとをついてきた。

「ヤスケだよ。忘れるなんてひどいよ。ああ、そうか。もう殆ど人間になっているから分からないのか。栄、栄、待ってくれ。オレはお前に弟子入りして、絵師になって余生を暮らすために帰ってきたんだ。もうどこにも行かないで、お前と一緒にいたいんだ」

栄の足が止まった。

「オレはもう、時空を行き来する力がないんだよ。だからもう、商売もやめて、人間同様に、残っている生を力いっぱい生きて、人間みたいに死んでいくつもりなのだ」

死という言葉に、栄がやっと振り向いてくれた。

「正直に言うよ。オレは、その残りの時間を、お前と一緒に過ごしたいんだ」

栄の目に、困惑が浮かぶのを、打ち消すようにヤスケは叫んだ。

「どうしてかわからないけど、オレは、お前が好きなんだ！　迷惑かもしれないけれど、好きなんだから仕方ないんだ！」

大きな溜め息と共に、栄は小さく呟いた。

「…何冗談言ってんの。あたしはもう、こんなおばあさんじゃないか。それに、一緒にいても、あいかわらず料理も掃除もど下手だし」

「オレは、こう見えて、結構器用だよ。なあ、弟子にしてくれ。いろんなものを見てきたから、目は確かだよ。版元との交渉や、金勘定もできると思うよ。な？　な？　な？」

栄は、そっぽを向いていたが、やがて根負けしたように笑い出した。ヤスケも笑った。そして二人は、並んで仲良く歩きだした。栄の足取りは、見違えるほど軽くなっていた。

「そうさねえ。まあ、あんたでも使いッ走りくらいは、できそうだねえ。となると、画号はどうしようか」

「お前は『応為』だから、オレは、ええと―鬼だから、『おうに』はどうだろう？」

「おうに？　まあいいか。じゃあ、『応二』としよう」

「おお！　オレは、萬年堂応二だ！」

ヤスケは二度目の名前を貰った。なんて嬉しいのだろう。自分だけの名前をつけてくれる人がいる、そこが自分の居場所だと、ヤスケは思った。

江戸は、夏の終わりであった。あちこちで鳴る風鈴の音色が快かった。

さて、その後のヤスケと栄であるが…。

栄の生涯は、父親の北斎ほどにはわかっていない。父のように、浅草近辺を移り住んだということであるが、六十七歳の時に、突然家を出て、それきり帰らなかった。旅先で出家したとも、小布施で死んだとも言われているが、真偽のほどは定かではない。

もしかしたら、どこかの鬼が、最後の力を振り絞って、どこぞに連れていったのかもしれない。まあ、どこに行ったにしても、きっと絵を描いて暮らしたことだろう。

めでたしめでたし、と言っても良いだろう。

春山にて

お天気が回復したものだから、彼は外へ行くことにした。些細なことで母に叱られて、気がクサクサしていたのだった。

「遊んでくる」

それでも一応母に断わって家を出た。母も、「そう。行っておいで」と、いつもよりは素っ気なく送り出した。

山の上の方に向かって歩く。進みにつれて気が晴れてきた。ゲンゲ、ノアザミ、サワハコベ、タンポポ、ノゲシ、ペラペラヨメナ。ここぞとばかりに咲き乱れる野花に構うことなく踏み散らして走る。ナルコユリを揺らして、満開の山桜の下を駆け過ぎた時、蜜を吸っていたメジロを先頭に、周辺の鳥という鳥が、一斉に驚いて聲を挙げた。

彼は笑いながら一気に走り抜けて、川の縁までやってきた。そこも春の訪れの証に満ちていて、水辺の柳は鮮やかな新芽をつけた枝を伸びやかに垂らしているし、セリだのオランダカラシだのは、小石と一緒になって流れを堰き止めんばかりに繁茂していた。春はいいな、と彼は深く息を吸い込みながら思った。

春は大好きだ。冬の間は家の中に閉じこもりっぱなしだった。母と一緒にいられる時間が長いのは嬉しかったけれど、もう飽きた。退屈だったから、やらなくても良い悪戯や八つ当たりをして、母に叱られることも多かった。自分が悪いのは分かっているけれど、そうなった原因の少しは冬にあると思っている。まあ、気候が良くなるこれからは、もっとずっと良い子になって、母に褒めて貰えるだろう。

小川の水を飲みながら、何をして遊ぼうかなと考えた。川底の石をひっくり返して沢蟹を驚かしてやろうか。それとも、卵から孵ったばかりのオタマジャクシ共を追い散らしてやろうか……。

ふと、そういえば今日は、母から、「風呂敷谷の方へは行ってはいけないよ」と言われなかったことに気づいた。彼が遊びに行くとき、母は必ずそう言い添えるのに、今日は珍しく言われなかったのだ。多分言い忘れたのであって、今日は行っても良いよということではないだろう。

そう重々承知していながら、一方で彼は屁理屈をこねたくなった。叱られたことに対する反発が、どこかにまだ燻っていた。

『今日は行っちゃダメって言われなかった。だから風呂敷谷に行っても、母さんの言いつけを守らなかったことにはならないよね』

そうして、足を風呂敷谷へと向けたのだった。悪戯盛りの年頃の好奇心を、浮き立つ春の陽気がより一層かき立てたのかもしれなかった。

風呂敷谷は、子供の足でも行けない距離ではないのだけれど、蒲の穂沼を抜けて、砂川を抜けて、鬱蒼とした古森を通り抜けると辿り着く。対して面白い物もないから、頼まれてもいつもなら行く気にならない。母が行くなというから行きたくなるけれど、それは子供っぽい理由だと彼は分かっていた。だから、ちょっとだけ谷を歩いたら、さっさと帰って来ようと思った。それなら夕方前には帰って来られるから、谷へ行ったことは黙っていたらバレないだろう。

そうと決まれば急いで行こう。春野原を抜け、じめついた蒲の穂沼のほとりを小走りに過ぎ、砂川の渡り石を跳び越えて、昼頃には古森の始まりに到着した。「ちょっと休憩」と、言い訳のように呟いて彼は立ち止まった。戻るのなら今だなという思いがチラリと脳裏を横切るのを、頭を一振りして追い払った。

本当のところ、実は彼は疲れ始めていた。ここまで来たのは初めてだったので、この先がどうなっているのかは見当もつかなかった。

『怖くなんかないけどさ……。怖いかもしれないって、そんな気がしているだけだよ」

彼は、自分に「気のせい、気のせい」と言い聞かせながら、そろそろと古森の中に足を踏み入れた。

古森に落葉樹は一本もなく、トゲトゲした針葉樹ばかりで形成されていて、森全体が刺々しかった。太く高い幹が円柱のように立ち並び、鋭い剣が突き刺さっているかのように、枝が何本も張り出していた。それらの木々の間を、クネクネと細い道が蛇行して走り、森で唯一の曲線を為していた。でもその道にしても、厚く積もった針状の落葉に覆われている上に、頭上の枝葉が日差しをほぼほぼ遮ってしまうので、時々見失いそうになるのだった。森の中はヒンヤリ涼しくて薄暗く、小鳥の鳴き声一つしなかった。彼はさっさと通り過ぎたい気持ちを抑えて、ゆっくり慎重に先に進んだ。焦ってその結果、こんな森の中で迷子にでもなったら大変だと思ったからであった。

どのくらい歩いただろうか。ようやく周囲が少し明るみを増してきた。出口が近いのだと、彼がほっとしかけたその時、今まで静まり返っていた森に、突然、ホーホホホ、ホオッホオッと、おかしな鳥の聲が響き渡った。心臓が飛び出すかと思うほど驚いて、彼は一目散に明るい方へと走り出した。

暗い森は唐突に終わった。見渡すと、彼は明るい草原にいた。やれやれと空を仰ぐと、意外なことに天には太陽ではなくて満月が在った。夜？　いつの間に夜になったのだろうか。家を出た時は朝だった。古森に入った時は昼近かった。そんなにも長い間、森を彷徨《さまよ》っていたというのか。

彼はだんだん薄気味悪くなってきた。すぐにも家に帰りたい気持ちでいっぱいだったが、かといって、またあの古森の中を、然も夜に通っていくことを想像すると足がすくんだ。仕方なく先に目をやると、月明かりの下、細く白い道が続いているのが見てとれた。良い香りが漂ってきた。

近寄ってみると、雪柳がずらりと道の脇に沿って植わっていて、まるで水の飛沫のように小枝に白い花をつけて香っているのだった。散った花弁で真っ白になった小道が、仄かに白く浮かび上がっていた。

その美しさに、彼は今まで感じていた薄気味悪さも忘れて、雪柳の小道を歩き出した。歩くにつれて、気分が良くなってきた。花の香が辺りに満ちている。

『ああ、良い所だなあ。すごく良い所だ。来て良かったなあ』

不安が歩むにつれて消えていく。

すると、雪柳の道の途切れた前方に、今まで視界に入らなかったのが不思議な程立派な館が出現した。彼は、お気に入りの絵本の中に出てくる「オシロ」というものに似ているなと思った。まだ幼い子供の彼でさえ、沼蛙が水かきをパッと広げたような飾りを両端につけた高い屋根や、門からもその豪奢さが窺われる凝った庭の造作などから、この館の持ち主の美意識と威圧と誇示の意図を十分に感じ取れた。つまり、彼のような後先考えない子供でも、ちょっと気軽に入れないと思わせる館なのだった。

どうしよう、と彼が再び不安になっているときだった。「ねえ」と、いきなり声をかけられて彼は思わず跳びあがった。

「お兄ちゃん、どこから来たの？　何をしてるの？」

彼より少し年下らしき女の子が、庭先に配置された池の築山の岩の上に、ちょこんと座って彼を見ていた。少女は身軽にぴょんぴょんと水面から覗く渡り石を伝ってこちらにやってきた。黒地に赤の斑点を散らした着物を着て、毬を抱えている。ちょっと垂れ目の大きな瞳が愛らしい少女だった。

「え？　あ、えっと…。あっちの方から」

一つ目の質問に、やってきた方向を指さして答えた瞬間、少女の目が見開かれた。

「あっちって、茅野原から？　お山から？　へええ、すごいねお兄ちゃん、お山のもんなんだ」

彼が何と答えたらよいのかと戸惑っていると、少女は意外なことを言った。

「お山って、怖い所なんだって？　逃げてきたの？　お兄ちゃん。でももう大丈夫だよ。ここはアタシのお父さんに守られている場所だからね。もう心配はいらないよ」

言いながら彼の腕に触れようとして、少女は急に手を引っ込めた。見ると、彼の肩先にオナモミが一つくっついていた。

女の子が首を振り振り、後ずさりをした。彼は、「どうしたの？　ただの草の実じゃないか。来る途中でつけてきちゃったんだな」と言いながら、オナモミをつまみ上げて指先で弾いた。するとそれは風に乗ったのか、それはすぐに見えなくなった。

少女はホッとした様子で、また彼の側に寄ってきた。あんな草の実一つを怖がるなんて、この子は全然世の中を知らない子供なんだなあと、彼は自分のことを棚に上げてお兄さんぶりたくなった。たまには庇護者の立場に立ってみたかったのだ。

彼の気持ちを察したかのように、少女は彼を見上げて、「遊ぼ」とねだる。

「この辺りには子供なんて一人もいないの。誰も来ないの。だってみんなお父さんが……。ううん、……だからアタシはいつも一人で寂しかったんだ。ねっ、お兄ちゃん遊んでよ」

彼は迷った。本当は今すぐ家に帰りたかったのだ。だが、夜道を無事に帰れるという自信がなかった。どっちにしても、母から大目玉を喰らうのはもう仕方ないだろうけれど、それも自分が無事に家に帰りつけたらの話なのだ。遊んでいる場合ではないけれど、かと言って踵を返して帰ることもできないでいた。

ホホホッホォ、ホオッホオホウ。

またおかしな聲の鳥が啼いている、と思ったが、それは彼のすぐ背後から聞こえてきた。振り向くと、髭紬に羽織姿のでっぷりと太った大男が、ホオホオと頷きながら、にこやかな顔で彼を凝視していた。やたら顔がおおきくて、立派な鯰髭を蓄えていた。

「お父さん……」

少女が呟いた。父というには、あまりにも似ていない親娘だった。

大男は、少女に目もくれず、にこにこしながら彼に近づいてきて言った。

「茅野原の坊《ぼん》だね。よう来たよう来た。お母様は息災でおられるかね？」

彼は、大男のタプタプした三重顎と、それに似合わない目つきの鋭さに圧倒されるまま、こくりと首を縦に振った。大男が破顔した。

「そうかいそうかい。うちんとこは、まあそちらと遠い身内といったところでね。昔いろいろあって、残念ながら今は疎遠になっているのだけれど、伯父さんはずっと君のお母様と仲良くしたいと思っているんだよ。君に会えて本当に嬉しいよ。ゆっくりしておいき。今夜はもう遅いから、泊まっていきなさい」

どうしよう、と、彼は少女を見た。少女は殆ど分からない程度に、小さく首を振っているように見えた。彼の迷いを読み取ったとみえ、伯父は天を指さして言った。

「ほら、もう月も隠れて真っ暗だ。今夜はもう外を歩くのは危険だよ。拙宅で泊まって、明日ゆっくり帰ればいい。帰りはちゃんと送っていってあげるから」

　確かにいつのまにか、辺りはとっぷりと暗闇に包まれていた。それで、彼も伯父なる男の言葉に従う決心をした。どっちにしても、母から叱られるのは避けられないだろう。でも無理をして一人で帰ろうとすれば、無事に帰りついて叱られることすら叶わないかもしれないのだ。であれば、確実に帰れる方がよいに決まっている。明日明るくなったら、古森の入り口まで送ってもらおうと彼は思った。

　彼が承知すると、伯父は一層にこやかになり、彼の肩を抱くようにして屋敷の中へと誘った。暗い外と違って、屋敷の内部は煌々と明るく、上がり框《かまち》の向こうまで長い廊下が伸びて光沢を放っていた。右側は夜の庭に面して暗く、左側は幾つもの部屋があるようで、三日月から満月まで様々な月の形状を象った引き手が等間隔で二つずつ対になってずらりと並んでいる。一体いくつ部屋があるのだろうか。

　伯父の後ろについて廊下を進むと、後ろで影が幾つか素早く動いた気がした。振り向いたが誰もいなかった。先程の少女も消えていた。お父さんと呼んでいたから、この屋敷のお嬢さんのはずなのに、彼の家と比べると、なんともぎこちない親娘関係のように思えた。

　やがて、伯父は数ある部屋の中の一番奥まった部屋の襖を開けると、彼を中に招き入れた。予想していた通り、豪奢な部屋だった。三方の壁は、夜空のごとき群青色に彩られ、そこに無数の蛍が飛んでいる。上座にあたる漆喰壁の一面のみが暗赤色で、見事な滝の掛け軸がかかっていた。凝った欄間は、水草が絡み合う意匠であった。「季節は春なのに、これは夏の部屋?」と不審に思うほどの美意識と神経を彼は持ち合わせていなかったけれど、部屋の中央に置かれた大きな卓の横に、炉が仕切ってあって、釜の中で湯が沸々と煮えたぎっていた。

「食事の後でお茶を点ててしんぜよう」

伯父が上機嫌で言ったが、彼にはどうでもよいことだった。とにかく無性に腹が減っていて、何でもよいから早く食べたいと伯父に頼んだ。

「口に合えば良いがのう」

伯父はそう言って、ポンポンと手を叩いた。すると間もなく、どこに控えていたのか、次々と膳を掲げた女中達が、座卓に座った彼の前にそれらを丁重に並べていった。深々と頭を下げているので、女中達の顔は見えなかったし、気にもならなかった。女中達は、来た時と同じく、ひっそりと去っていった。

「さあさあ、たんとお食べなされ」

伯父が彼を促すと同時に、彼は箸に手を伸ばした。

ずずっと吸い物を一口吸う。と、目の端に、吸い物の具が動くのを捉えた気がして、椀から口を離して中を凝視した。よくよく見ると、具と思ったのは、なんと蛙の卵で、二、三匹孵化したばかりのゴマ粒程のオタマジャクシが、クネクネと温い汁椀の中を泳ぎ回っているではないか。彼は信じられぬ思いだった。

それだけではなかった。和え物の小鉢から、ウーウーと恨めし気な呟き声がするので見ると、こちらはウゴウゴとした黒い米粒大の蟲共が、ひっきりなしに恨み言を述べていた。

「うーううう、これも定めならばやむなしじゃて」

「せめて、せめて一口でいってくれ。苦しむことなく、パクッとな。ううう…」

彼はすっかり食べる気が萎えてしまった。困惑して伯父を見やったが、伯父は哀れな膳の状況など一向に気にする風はなく、大きな口でバクリバクリと箸を運んでいた。それを見て、さすがの彼もその異常さに気づかぬふりができなくなった。

立ち上がって言った。

「伯父さん、食事中に尾籠もないけど、厠に行ってくる」

伯父は渋い顔になった。

「ずっと我慢していたんだよ。行ってこないと、ゆっくりと食べられないよ」

それもそうかと伯父は頷いて、廊下の突き当たりを右へと言った。案内してやろうというのを聞こえないふりをして、彼は廊下に出ると、そのままいきなり脱兎のごとく、反対側の玄関に向かって走り出した。

「こらっ、どこに行くっ!!」

伯父の大音声が背中に浴びせられた。それと同時に、群青色の壁から無数の目がカッと見開かれた。風雅な蛍と見えていたのは、実はそれらの目であったのだ。目は、今度は触手に姿を変えると、ぐーんと伸びて彼を追ってきた。何本かは互いに絡み合って諍いをし始めるものや、湯釜をひっくり返して熱湯を浴びのた打っている粗忽なものもいるが、大半の触手が伯父の号令に従って彼を捕まえようとぐんぐん伸び続けた。伯父はといえば、数本の触手にその巨体を預けて、もうすぐ後ろまで迫ってきていた。こんなに長い廊下だっただろうか。外はもう見えているのに、追いつかれる……。

彼が伯父の腕に捕まれると思った矢先に、伯父が突然怒声を発した。どこかから小さな毬が伯父の顔目掛けて投じられたのが命中したのだった。しかし、それも足止めにすらならず、伯父は怯むことなくまた彼の背中に手を伸ばした。今度は天井から何かが降ってきて、伯父の顔面にペタリと貼りついた。そして、伯父の低い鼻先に、力いっぱいに噛みついた。叔父が耳障りな悲鳴を上げた。

「お前――、このお転婆娘が！」

伯父の速度が落ちた。彼はすかさず館の外に飛び出した。走りながらチラリと、伯父が何かを空に放り投げるのを目にした。黒い体に赤い斑点のある小さな何かが宙に舞ったが、今はそれに構っている余裕はなかった。

彼は夢中で走った。一刻も早く、一里でも遠く、ここから離れたかった。伯父と名乗る化け物から逃げたかった。ずっと感じていた違和感に素直に従うべきだった。そもそも母の言い付け通り、こんな所に来るんじゃなかったと、彼は走りながら今更ながらに悔やんだ。

が、悔やんでいる暇すらなかった。ようやく古森の手前まで辿り着き、思わず振り返ってみると、大きな黒い物体が、不格好にドタッ、ドタッと跳びはねながらすぐ後ろに迫っていた。気がつくと再び月が出ていたが、それも雲に隠れて、迫りつつあるモノの正体まではわからなかった。ただ、禍々しい何かであるのは間違いなかった。

恐怖に駆られて彼は古森に走り込んだ。視界が真っ暗になる。その中をいくら進んでも目が慣れてこなかった。まるで墨の海に落ちた羽虫のようだった。滅多矢鱈《めったやたら》に手足を動かし急いではみたが、切り株に躓き、枝に阻まれ、体は傷だらけで血が滲んだ。

『もう嫌だ、母さんの言うことをきかなかったせいだ。ごめんなさい、ごめんなさい。これからは絶対に良い子になる。良い子になるから。だからお願い、この暗闇から出して』

泣きながらそう念じた時だった。彼は、行く手に仄かに明るみが差しているのを見つけた。彼は吸い寄せられるように、そちらに向かって進んでいった。

だから――。

彼は心の底から絶望したのだった。漆黒の闇の中から飛び出した先に、辛うじて人の形を留めながら、憎々し気に彼をにらんでいる「伯父」が、立ちはだかっているのを見たときは――。

「伯父」は息を切らしていた。ということは、彼が森を彷徨っていた時間はそれ程長くはなかったのだろうか。焦燥と不安とで、永遠にも似た長さを味わったと思っていただけに、彼は衝撃を覚えた。ここは何もかもが歪んでいるのだろうか。

「伯父」は、恨めしそうに彼をねめつけて言った。

「茅野の若君よ。いくら何でも無礼ではないか。我を夜の世界に閉じ込めただけでは飽き足らず、せめてものもてなしすら受け取ろうとしないとは、どこまで我を拒むのか」

彼は「伯父」の言っている言葉の意味がさっぱり理解できなかったので、返事の仕様がなかった。しかしその態度は、「伯父」を余計に興奮させたらしかった。

「もともとは、我らはそなたの眷属ではないか。一体どれ程の年月を、我らに耐えさせようというのか。

おうとも、我らは醜いわな。我からすれば、そなたら光の中に生きるもの等は眩しい、清い、美しい。だがな、我らの数千倍も冷酷だわな。我は十分に償ったではないか。まだ足りぬのか、え？　え？」

「伯父」は、ぐいぐいと彼に詰め寄った。そして憑りつかれたようにしゃべり続けた。

「誠に久方ぶりの茅野からの来訪に、我は心からのもてなしをしたのだ。それすら拒むのは、我の心尽くしなど汚らしいと言いたいのかえ？　傲慢な、残酷な、冷徹な、やはり御方の血筋は争えぬわい」

と、今度はおいおいと泣き出した。

あれは、もてなしであったのか？

「だ、だって、あんなものを料理だなんて思えるわけないじゃないか」

彼はどもりながらも釈明を試みたが、

「昼の世界の食い物なんぞ、とうの昔に忘れたわい！」と、「伯父」はまたもや怒り出し、彼を捕らえんと触手を伸ばした。

その時であった。雪柳の細かな花弁が一斉に宙に舞い上がり、伸ばした触手は捕獲対象を見失ってさ迷った。

「……!」

涼やかな、そして厳《おごそ》かな声が辺りに響いた。

「久しいな、風呂敷太夫よ。私の息子へのもてなしは、そこまでとして貰おうか」

「おおおおおー!」

風呂敷太夫の顔に、恐れと喜びが入り混じった表情が浮かんだ。

「永久《とこしえ》の御方様! 御山の御方様じゃっ!」

そう叫ぶと、彼のことなどはもう眼中にないかのように、空に向かって両手を掲げた。

「御方様、お顔を! ご尊顔を拝ませて下さいませ!」

返事はなかった。風呂敷太夫は猶《なお》も叫んだ。

「なんとなんと無慈悲な御方よ。確かに我は咎人であるが、この夜の世界に封じられてからどれ程の時が過ぎたことか。一体あとどれだけ闇の中で暮らしてゆかねばならぬのか。我が身が、わが心が、ゆっくりと闇の生き物として変わってゆくのを止められぬ苦しさを、思いやることすらして下さらぬっ！」

雪柳の花弁が緩やかに円を描き、夜空に白い光の輪ができた。

風呂敷太夫は、今度は深く項垂れて、放心状態でブツブツと呟き出した。

「せめて、せめて、娘だけでも…」

すると、「愚か者めが」と、今度は少し柔らかくなった声が降ってきた。

「お前のそういう大仰なところが大嫌いだ。しかし哀れとも思ってはいる。今はまだ待っておれ。私の息子が私の跡を継いだなら、お前達を悪いようにはせぬだろう」

風呂敷太夫は、涙に塗れた顔を上げた。見上げた先の光輪の中に、ひときわ眩い光核が見えた。それは一閃の矢のように地上に一瞬で降り立つと、呆然と立っていた彼をふわりとその背に載せて、あっと言う間に飛び立った。その際に、風呂敷太夫に声をかけた。

「だから今しばらく辛抱せよ。それまでお前が持ち堪えられたらお前の勝ち。闇に呑まれたらそれまでのこと」

またそんな酷な希《のぞみ》を持たせておいてえーっと、眼下で風呂敷太夫が叫ぶのを、彼は母の背に顔を埋めて聞いた。思わず身をのりだして叫んだ。

「伯父さあん！」

「伯父」は、キョトンと彼を見上げた。

「また来るよ。伯父さんのことが怖くなくなるくらい強くなったら、絶対にまたやってくる。伯父さんを助けてあげるから。待ってて、待っていて！」

何故そんなことを口に出したのか、彼自身よく分からなかった。母が統べるこの世界で、彼が知っていることはごくごく僅かだ。だから、風呂敷太夫の言葉の端々――夜の世界、昼の世界、咎人等々から推察するしかなかったが、おそらくあの風呂敷太夫なる元眷属は、昔母の勘気に触れる咎を犯して、あの闇の谷に封じ込められることになったのであろう。彼の母は、大夫とどの程度の関係なのだろうか。伯父というのはともかくとして、遠い縁者であるくらいの関係はあるのかもしれない。

一体何をしでかしたのか知らないが、自分には想像もつかない程長い間、罰を受けているのだろう。

可哀想に、と彼は思った。あそこは本当に寂しくて暗い、心細いところだった。ほんの少し迷い込んだだけで、自分はあんなに心細かったのだ。だけど大夫は、何年何十年、もしかしたら何百年あそこで暮らしているのだろうか。

彼はまた、あの少女のことを思った。あの子はあんなに幼かった。きっと昼の世界を知らないのだろう。だから、昼の世界である茅野を怖い所だなんて誤解しているのだろう。

　彼はあの少女を、そして風呂敷太夫を救ってやりたいと思った。同時に、それには自分はあまりにも無知で無力であると思い知った。家に帰ったら、母から教えて貰わねばならないことが沢山あるな、と彼は思った。春山を走り回って楽しく遊ぶことだけを繰り返している暮らしは、ある意味では閉ざされているのと一緒ではないだろうか。彼がそうやっている間は、何も動き出さないのではないかという気がした。

　ふと、茅野原は、風呂敷谷の反転世界か、と彼は思った。

　黙り込んでしまった彼に、母は飛びながら優しく問うた。

「何を考えているの？　それとも眠いのかい？」

　彼は拗ねた声で答えた。

「母さんに聞きたいことが山ほどあるよ。でも、今日は助かった。どうしてボクがあそこに行ったことがわかったの？」

　母は、ふふふ、と笑って言った。

「私の耳の辺りを見てごらん」

　彼は、母の銀色の毛に覆われた形の良い耳の付根に、小さなオナモミの実がくっついているのを見つけた。

ああ、そうだったのか。ということは、もしかしたら今までも、彼一人で行動しているつもりでも、常に何らかの手段で母に守られていたのかもしれない、と彼は思った。

『いつまでも子供扱いをして……』

彼は不満だった。何が面白くないって、実際に彼が子供だということだった。今回のことも、母の過保護のお陰で助かったという事実に、何も反論ができない。それがとにかく面白くなかった。

空が明るくなってきた。春の輝くような一日が始まる。それとは反対に、彼の瞼はだんだん重くなってきた。

帰ったら、きっと母さんのお説教が待っているのだろうな。でも、説教の後は、いつもみたいにフサフサの手で、ボクの耳の後ろを優しく掻いてくれるのだろうな。

彼は続けて思った。母さんの子供でいるのは気持ちがいい。だけど、守って貰ってばかりはもう嫌だ。なんだか閉じ込められている気持ちになってくるから。母さんみたいに、守る側になるには、ボクはどうすれば良いのだろうか。

でも、彼はもう目を開けてはいられなかった。そうでなくても、春は眠いものである。

幼い山神は、母神の背にしがみつきながら、心地良い眠りに落ちていった。
彼が母の懐から巣立つには、まだ数多の経験と年月を要するのであった。

猫の島

台風が来るというので、私はいつもの浜にサーフィンをしに行った。危険だの何だのと、彼女面した女達が盛んに止めたのだが、止められれば止められるほど、引き下がるわけには行かなかった。私はそういう意固地な性質なのだった。自分でも、それが良いとは思っていなかったが、幸か不幸か、相応の金も地位もある身であった為、多少私が無礼な若者特有の振舞いをしたとしても、大概なんとかなってきた。私は、正直なところ、人生に飽きかけていたのだろうか、だから、敢えて危険なこともしたりして、欲しくもない取り巻き連中からの賛美だの賞賛だのを受け取っていたのだった。

しかし世の中は、当然私にだけ甘いわけではなかった。台風の日に波乗りをしたことはこれまでにもあったけれど、その日の波は、サーフィンは愚か、海に足を踏み入れるだけでも、愚かなことこの上ない行為であったのだった。結論をいうと、私は早々に大波に呑まれてしまった。そして意識を失った。こんなことで死ぬのかと、自分の馬鹿さ加減を笑う間もなく、暗い渦の中に引き込まれて行ったのであった。

気がつくと、私は何故か生きていた。小さな島らしき浜辺に打ち上げられていたのであった。やたらとぎらつく橙色の太陽に照らされて、私は意識を取り戻した。あんな大波に呑まれて、何故助かったのだろう。私は、やはり神に愛された運命の持ち主なのだろうか。体を動かそうとしたら、右足が腫れて痛みが走ったけれど、これくらいで済んだのは、強運としか言いようがなかった。

しかし、この島はどこなのだろう。私は、確かいつもサーフィンをするK県の砂浜から海に乗り出したのであったから、その近くの小島だろうと察したのだが、それにしては、どことなく異国めいた雰囲気が漂う島なのだった。

私が一生懸命に太平洋側の地図を思い出そうとしていた時、どこからか、おわあ～と、猫の聲が聞こえた。

おわあ～、おわあ～、おわあ～。

私の周りに、見る間に猫が集まってきた。

『なんだ、なんだ。ここはやたらと猫が多いぞ』

私は、どちらかといえば、猫よりも犬の方が好きであったが、ふと、そういえば猫島といって、猫を観光の目玉にしている所が幾つかあったな、あれは瀬戸内海の島だったから、K県から流れ着くはずはない。ということは、猫を観光名所にしている、どこぞの関東圏内の小島なんだなと思い至った。

私は、一番近くの猫に声をかけてみた。

「おい、お前。鳴いてばかりいないで、誰か人間を呼んで来いよ」

すると、そいつは、まるで私の言葉がわかったみたいに、身を翻して島の奥に駆け込んでいった。しばらくすると、島人らしい人間が二人、私の方に歩いてきた。私が遭難したことを伝えると、気の毒がって、島で休んでいくようにと言ってくれた。有難い、どこの田舎島だか知らないが、本土への連絡くらいはできるだろう。私の会社のヘリを呼び寄せるまでの間、のんびりしていくのも良かろうと、私はこの災難をポジティブに考えすらしたのだった。

二人の男のうち、年配のよく太った男は白井と名乗り、私を自分の家の離れに泊めてくれると申し出てくれた。もう一人の若い男は私には名乗らなかったが、白井から四郎と呼び捨てにされていた。白井の部下のようであった。二人共、漁師ではなく役場勤務のようで、漁村暮らしのわりに色白であった。

私は、心から二人に礼を述べた。

「おかげで助かりました。ところでここは何という島ですか？」

猫島ですけど？　と、白井は答えた。

「ええ、猫島って今ブームですよね。で、正式名称は……」

言いかけた私の足元に、数匹の猫が乱暴に体を擦り寄せてきた。白井は、シッシッと、煩そうにそれを追い払った。私は、その邪慳な態度に内心眉をひそめながら、

「いやあ、やけに猫が多いですね。さすが猫島だ」と、意味のないことを口にした。

そして、よく見ると、猫と一口に言っても、やたらと白い猫が多いことに私は気がついた。無論白以外の猫もいるのであったが、白猫らは、村の建物の屋根やら大木の梢やらに、優雅に寝そべっているのに対し、その他の猫——黒白やらブチやらサバ、キジやらは、平地にてんでんばらばらに散らばって、私の足元に寄ってくるのであった。白以外の猫は、皆一様に痩せていた。

私は、白井と四郎に挟まれる格好で、歩行を補助して貰いつつ、寄ってくる猫が気になって仕方なかった。

白井が、当たり前のように言った。

「ああ、無視して下さいよ。こいつら、育ちが悪いんで。なにしろ、白猫じゃないから仕方ないんですよ」

「は？」

「なんてったって、猫は白が最高ですよ。そう思われませんか？」

「は、はあ。そうですねえ」

私にとっては、どんな色でも模様でも猫は猫だ。それ以外の何物でもない。どうでもいいことだったが、助けて貰う身なので、白井の言葉に、適当に相槌を打っていた。

あてがわれた家は、古めかしいけれどなかなかに立派であった。海から山に向かって伸びる道を上っていくと、行く手を通せんぼするかのように、その家は横に延びて建っていた。中央の一番大きな棟が母屋で、その他に幾つか離れ屋があった。

「まあ、お疲れでしょうから、まずはゆっくりお休みなさい。おい、四郎、ちゃんとお世話するんだぞ」

四郎と呼ばれた若い男が、神妙な顔で頷いた。

「へえ、助役さん。任せてくだせえ」

白井は、また来ますと言い置いて、腹を揺さぶりながら戻っていった。助役というからには、村の役職についているのだろう。それなりに白井は忙しいのだろうと思い、私は、手間を取らせたことを素直に申し訳なかったと思った。

私が突っ立っていると、四郎は気の良さそうな笑顔を浮かべて私にお辞儀した。そして、私の住まい用に誂えたという家で、手際よくお茶を淹れてくれた。四郎は、親しみやすい顔立ちをしていて、鼻の横に大きなホクロがあるのが特徴的だった。

私は、早速都心に帰る方法を考えた。

「お茶をありがとう。でも、それよりも、どこかパソコンが借りられるところはないかな？　迎えに来てもらうにしても、まずは現在地と連絡先を調べないといけないんだよ」

私の荷物一式は、サーフィンをした浜辺近くのホテルに置いてきてしまった。私の会社、自宅、友人らの連絡先——全て、その荷物の中であった。情けないことに、私は自宅の電話番号すら暗記していなかったから、携帯電話なしでは、どこに連絡してよいかわからなかった。その時は、警察とかは脳裏に全く浮かばなかった。

四郎は、申し訳なさそうに、肩をすくめてこう言った。

「あいすみません。この島にパソコンだの、携帯電話だのはねえのですわ。そういう物は一切不要な暮らしなもんで、あったところで扱える者がおりませんので」

私はたまげてしまった。そこまで取り残された島とは思っていなかった。

「なんだって？　それじゃ、外との行き来はどうなってるんだい」

「外からは、たまにお医者さんが来られる程度ですかね。あと、連絡船が、月に一度は立ち寄りますし」

私は、この島が思っていたよりもずっと孤島で、文明生活と切り離されていることを知って唖然とした。もしかしたら、最悪、その連絡船が来るまで、私は救助を呼べないかもしれないと思い至った。

私は、大きな溜め息をついた。

「やれやれ、のどかなこと極まれり、だね。まあ、折角こんな鄙びたところにやってきたのだから、俗世は忘れて、せいぜい静養することにするかな」

四郎は、にこにこしながら、「それがいいですだ」と、私に同調した。私も、仕方なく笑いながら、お茶をごくりと一口飲んだ。ん？　と違和感を感じて舌をまさぐると、長い猫の毛が指についてきた。

「あははは」「えへへへへ」

やむなく、四郎と笑い合った。まったくもって、やれやれとしか言えなかった。


島で生活してみると、わずか数日のうちに、これまでの都会暮らしが夢の中の出来事であったような気がしてきた。私は、まだ少し痛む足のリハビリと暇つぶしを兼ねて、少しずつ島を散策した。私が流れ着いた海に面して、申し訳程度の艀を伴った砂浜に、小舟が数槽置かれているが、どう見ても長いこと海に出た様子は見られなかった。浜辺から道一本入ったところには、よろず屋が一軒あるきりで、パンやら石鹸やら洗剤やら、あまり新しくもなさそうな商品が、砂をかぶって陳列されていた。多分、魚は海で採ってきて、野菜は畑で自給自足しているのだろう。食事が魚ばかりで、肉好きの私は少し閉口したが、文句を言える立場ではないので我慢した。そのうちに、肉や酒を切らしたことのない生活をしていた頃よりも、俄然健康的になってきた。筋力がつき、ぶよついた体が徐々に引き締まってきた。ナルシストの私には、嬉しい限りであった。

本当に小さな小さな島であった。歩けるようになると、その辺を散歩するのが日課となったが、小一時間ほどで元の場所に帰ってきてしまう。もっとも、島の本当の大きさは私にはわからなかった。というのも、集落の上に行くと、鬱蒼とした木立に覆われた山が迫っていて、迷い込んだら最後戻って来られないから、絶対に行かないようにと、しつこいくらいに注意されていたのだ。だから、私が歩ける範囲は、おのずと限られていたのであった。

私は、いつもついてくる世話役の四郎に話しかけた。

「この島は、中央の山で、分断されているのだね」

「そうなんですわ。山には入らんでくだせえよ」

「わかってるよ、しつこいなあ。だけど、山の向こう側には何があるんだい？　まさか、ずうっと山ってことはないんだろう？」

四郎は、ちょっと黙って、「いんにゃあ、ずうっと山ですわ」と答えた。

「へえ、そうなんだ。もったいない話だね。開拓して、平地を広げようとは考えなかったのかな」

　私がそう言うと、四郎は、「そういう考えは、オラ達はしねえです。足るを知ってるもんで」と、少々こちらを馬鹿にしたような響きを含ませて即答した。このお人好しそうな若者のことを、実は心の中で少し足りないのではないかと思っていた私は、思わぬ逆襲に遭った気がして、押し黙ってしまった。

　また、散歩のたびに目につくのが、至る所をたむろっている野良猫達であった。ナアオナアオと私達の足にまつろって、食べ物をねだっているのだろうが、何かを訴えているかのようにも見えた。するとどこからともなく、白い猫がやってきて、これらの猫共を一喝するかのようにひと声鳴く。猫達は、その声を聞くまでもなく、白猫が現れるや否や、我先にと散り散りに逃げ去るのだった。

　私は、この現象の意味を測りかねて、四郎に尋ねた。

「ねえ、見ていると、白い猫はずいぶんと幅を効かせているみたいだねえ。ここでは白いのが貴種なのかい？」

　四郎は、当然というような顔で答えた。

「へえ、ここじゃ白がエライんですよ。よそじゃ、どうもまた違っているとかって話ですけどね、オラはよそに行くこともないので、そういうもんだと思ってますけど」

「ふうん。確かに白は美しいものね。何かで読んだけど、猫の色合いで分別したら、白猫が一番賢いってデータが出たそうだよ。あと、オッドアイは白猫特有だそうだし」

私が、ちょっとおもねってやろうと思ってそう言うと、四郎は、「そうですだ、そうですだ。わかって貰えて嬉しいですだ」と、上機嫌になって、私の後先をとび跳ねながらついてくるのだった。

四郎は、一緒に暮らしてみると、実直な上に結構優しい心根の奴で、私が寝泊まりしている家の裏庭に数本生えている木々の枝に、林檎だったり蜜柑だったり、いつも何かしら果物を挿していた。理由を尋ねたら、野鳥に与えるためだという。「ついばむ様子が可愛いいんすよ」と、照れたように四郎は言った。庭に来る野鳥は、ヒナドリやアカハラなどが多かった。私も、彼らが果物をついばむ様子を、部屋の窓から眺めるのが楽しみの一つになっていった。

そんな風に暮らしていると、私の時間の感覚はすっかり鈍ってしまった。今日が何曜日なのか、何月の何日なのか、遭難してから、一体どれくらいの時間が経ったのか、さっぱりわからなくなっていた。それだけならまだしも、そのことを、さほど重要とも思っていない自分がいて、わずかに残った私の現代人としての感性は、そのことに慄然とするのだった。

　でも、四郎に、そしてあれから二度ばかり様子を見に来た助役の白井にいくら尋ねても、連絡船が来るのはまだまだ先と言われるだけだった。

　夢を見た。暑苦しい夜で、なかなか寝付けずに、私は寝返りを何度も打っていた。ふと目を開けると、開け放した窓から月が見えた。煌々と、冴え冴えと、恐ろしいくらいに美しい満月だった。群青の闇の中で、硬質の真珠のように輝いている。私は、いつのまにか猫になって、窓を蹴って外に下り立った。私は音もなく影と一体となって走り、踊り、思い通りになるしなやかな肢体を楽しんだ。

　村の広場まで来ると、水場の周りに、黒い影がいくつもうずくまって、輪を作っているのが見えた。猫の集会だと、自然に私にはわかった。私は、輪の外れの方に座っている、いわゆる四郎のいう雑猫に声をかけてみた。

「こんばんは」

「こんばんは。なあ？　見慣れぬ顔だな」

「集会参加は初めてなのでね。だけど、何を話し合っているのか、ここでは聞こえないなあ。もっと前の方に行ってみないかい」

すると、雑猫は血相を変えて首を振って言った。

「だめだめ、お前は白くないではないか。そういうオレも白くない。成功しなかったんだ。だから中央には行ってはだめなんだ」

そこで私は目が覚めた。朝になっていて、夢の内容はほとんど忘れていた。ただ、寝床が泥のようなもので汚れていたので、四郎に言ってシーツを取り替えて貰った。

その後、夢のことは忘れていたが、寝床はいつも汚れるようになった。それなのに私ときたら、四郎の洗濯が下手なのだろうと思うだけで、別段気にもしていなかった。

都会にいた時には、あんなに神経質だった私が、である。ネクタイがちょっと曲がっていてもイラついて秘書を叱りつけた。シャツの染みなどもってのほかであった。それなのに、泥汚れ程度何とも思わない私が出来上がっていた。病的に潔癖症とまで周囲に言われた私だったのに、今は、ともすれば裸足で砂浜を走り回りたい衝動に駆られることもしばしばあるのであった。

そして、私は魚の美味さを知った。もちろん肉が出ればそれも食べたであろうが、もう肉なしでも特に不満はなかった。この頃から、食事に時々独特の辛味がある野菜がつくようになった。見た目は高級食材の金針菜に似ているが、なんとも癖になる味で、胃弱の私でも、それはいくらでも食べられたし、食べると腹がすっきりするのだった。

私は、だんだんと元いた場所に帰りたいという気持ちが薄れていくのを感じたが、それでもいいような気持ちになっていた。

夢が、徐々に鮮明になってきた。殆どは、朝目覚めると同時に忘れてしまうのだったが、たまに覚えていることもあった。ある夜などは、私はとうとう広場中央に進み出て、真っ白な猫達に囲まれるという栄誉にありついていた。

「だいぶ時間がかかったが、この頃は進展があるようだな。それに、尻尾の先が白くなってきた。だが、まだまだダメだ」

私は、何をどう頑張るのかもわからないまま、「頑張ります」と答えた。命令されるという体験が新鮮だった。

こんな具合に、私は毎晩夢を見ていた。夢だと思っていた。

ある夜、昼間水遊びをして冷えたのか、腹が痛くて、四郎が折角用意してくれた夕食を少ししか食べられなかった。早くお休みなさいと言われて、素直に床についたものの、夜中に腹痛がひどくなり、遂に起き上がって外に行き、腹の中のものをゲエゲエ吐き出した。

腹の中が空っぽになったら、かなり気分もよくなったが、すぐに寝床に戻る気にならずに、ぼうっと空を見上げていた。青い月が、天空高くかかっていて、禍々しいほど美しかった。

私は、突然ハタと目が覚めた。目が覚めているつもりでも、それまで眠っていたような気がした。

『何故自分はここに居るのだろうか』

私は呟いて、ここはどこだ？　と、改めて周囲を見回した。

ぞくり、と背中が寒くなったので、家の中に入って上着を着こんだ。同じ家で寝ているはずの四郎の気配はしなかった。私は再び外に出た。生温い風に誘われるように、私はそのまま、ふらふらと港の方に足を向けた。我ながら、幽霊が漂っているかのような歩みであった。月明かりのおかげだろうか、行く手ははっきりと見え、遠くの沖の水面に反射する光が揺らめいていた。

港に出るまでの間に、水場のある広場を通る。しばしば小さな市が立つ広場だ。四郎は、例の野菜や新鮮な魚、珍しい魚の干物や日用品に至るまでを、その市で贖っている。私にもお馴染みの広場であった。そこに――。

小さな影の群れ。猫猫猫…。夢の通りの光景であった。一瞬、私はまた自室で夢を見ている最中で、これは夢の中なのだと思いかけたが、その時の私は頭が冴えていた。

この島に来て以来、ずっと頭の中にかかっていた靄が、幸か不幸か綺麗に晴れてしまって、それが紛れもない現実であることを、私の心身は認めざるを得なかったのである。猫は、夢のとおりに、広場の水場を基点として、半径十メートルくらいが猫で埋まっていた。中央に近い場所は白猫が占めていて、徐々に雑猫が交じり、外側には雑猫しかいなかった。

私は、よろず屋の裏に移動して、物陰からこっそり猫集会の様子を窺った。

「あれっ？」

中央近くにいる二匹の白猫に、なんとなく見覚えがある気がして、私は思わず自分の口を押さえた。二匹のうちの一匹が、何かの皿を、一段高い水飲み場に置いて恭しく一礼した。見ると、皿に載っていたのは、大きなヒヨドリであった。

「本日捕まえた獲れ立てでごぜえます」

「うむ」と、大きな影が頷いて、貢ぎ物のヒヨドリを摑み上げると、耳まで裂けた口に放り込んだ。それを見て、私は、やはりこれは夢ではないかと思った。

それは、信じられないほど巨大な猫の形をした白い影だった。その前で、白猫をはじめ数多の雑猫が、ひれ伏しているのであった。

巨大な白猫は、おもむろに人の言葉を発した。

「さて、お次は例の客人の件だが……、その後どんな案配かな？」

問われたのは、でっぷりと太った白猫だった。

「はあ、正直なところ、おそらく我らの同輩にはなれないだろうと思っておりました。まあ、ダメでもオシロ様に召し上がって頂けば良いわけですし。ですがこの頃になって、ようやく同調の兆しが見えて参りましたので、もう少し様子を見ようと思います」

「ふむ、そうか」

するると、もう一匹の白猫（鼻の横に、大きなホクロのような黒い点のある猫だった）が、進み出て言った。

「だけんど、猫化したとしても、完全な白は無理かもしれないですだ。だって、元がかなり腹黒い人間だったようなので」

どこからか、「不完全ということなら、お前と同じだろうが、ホクロ野郎」という野次が飛んできた。野次は続いた。

「本当なら、お前なんか白猫なんかじゃないんだ。それはホクロというよりも、斑模様だ。お前は卑しい斑猫だろう」

斑猫と言われたホクロ猫は、遠目にも怒り心頭という様子で、野次の方向に向かって、恐ろしい威嚇の長鳴きをした。鼻の横のホクロ模様は、彼にとって劣等感以外の何物でもないらしかった。

その威嚇に応じるように、猫達が、月明かりの下で、皆赤い口を開けて鳴き出した。

おわあ、わあお。わあお、おわあーお……。

と、その時――。

おわーーおーう！

耳をつんざく鳴き声が、空気を震わせて響き渡った。白猫の影が、発したのだった。

おそらく静まれという意味だったのだろう、全ての猫が、一斉にひれ伏し、私はその恐ろしさに、よろず屋の柱に抱きついて目を閉じたのだった。ひたすら怖かった。どうぞみつかりませんようにと、物陰にうずくまって震えることしかできなかった。どのくらい経ったのか、気がつくと猫達はいなくなっていた。月はだいぶ傾き、蒼く弱い光を投げかけていた。

私は、宿舎に引き返す気にはなれなかった。ここにいてはいけない。ただ、その一心で、山の方に向かって歩き出していた。海には出て逃げ切れる自信はなかった。山を越えて島の向こう側に行こう。猫達は、山には入らないようだから、とにかく山を越えて、反対側の海岸から、何か帰れる手段を講じよう。

私は、熱に浮かされたように、夜の道を這う這うの体で歩き続けた。集落を横切り、山の中に入る。木の根に足を取られて転び、灌木に頬を傷つけられながら、とにかく歩いた。恐怖が、痛みも疲れも忘れさせてくれた。一体これは何なのだ？　こんな経験を、何故私がしているのだ？　不条理だ、理不尽だ、悪夢だ。何故私なのだ、誰か他の者が代わってくれるなら、私はいくらでも払う。これは、私がすべき体験ではない。そう呟きながら、私は懸命に歩き続けた。頬を涙が伝わって、自然と嗚咽が漏れるのだった。

しかし、しばらくして、私は恐ろしい声音を聞いた。

なあお、なあお、おわあ、おわあ。

わあお、わあーーお、
止まれ、止まれ、戻ってこい。

猫達が、私を追ってきたのだっ！　私の総身が震え上がった。ふと、このまま追いつかれたら、私は確実に殺されるとわかった。ならば、今ならまだ引き返して許しを乞えば、猫になれば命だけは助けて貰えるのかもしれないという考えが頭に浮かんだ。そうだとも、別に何が何でも帰りたいというわけでもないのだ。あの猫島だって、結構楽しく暮らしていられたではないか。

しかし――。

裏切者め、捕まえたら、その首に喰いついて後悔させてやる。

引き裂け、噛みつけ、食い破れ。

段々過激になる猫共の呪詛に、私は淡い期待を捨てざるを得なかった。

「畜生、所詮は畜生か。逃げ切ってやる。お前らなんかの好きにさせてたまるか」

恐怖に支配されていた私の心に、憤りが加味されて、私は無理やり足を速めた。泥まみれ、傷だらけになって、ひたすら山の頂上を目指して歩き続けた。

猫共の呪う聲は近くになった。私は、頂上に到着するという時に、一度後ろを振り向いてみた。すると暗闇の中には、らんらんと光る無数の対の宝玉が光っていた。

「ひいっ！」

あちらにもこちらにも、美しくおぞましい猫の目に魅入られて、私は腰を抜かしてしまった。やむなく四つん這いになって、なりふり構わずひたすら地面を這い上った。捕まったら助かる術は皆無であると、さすがに鈍い私もわかっていた。ずっとシニカルに、いつも気取って生きてきた。人生に未練などないと嘯いていた。だけど本心では、私は死にたくなかったのだ。どんなに無様でもよいから、生きたい生きたい、神様助けてくれ、と、私は幼い子供時代以来、一度も頼ったことがない神様に願った。

ふと、木立が切れて空が見えた。煌々と光っていた月はもう見えなかった。代わりに、東の空が薄く明るくなり始めていた。

再度、おわあおわあと、猫共の聲が耳をつんざいた。

「だめだ、あいつは境界を越えてしまった！　悔しいが、これまでだ。あいつはあちらのモノになった」

恨みがましい声がそう言うと、一斉に猫共は恐ろしい長鳴きを発して、そしてピタリと辺りは静まった。

朝日が昇って、暗闇を薙ぎ払った。泥だらけになってひれ伏していた私は、恐る恐る顔を上げた。自分が、息をすることも忘れていたのに気がついて、深い安堵の溜め息をついた。

私は、ゆっくりと立ち上がった。先程までの出来事が、一夜の悪い夢に思えた。

逃げ切れた、助かった。やはり私は運が良い男だ。ははは、すごいじゃないか。あんな化け物の集落から、私は首尾よく逃げ切れたのだ。正直あそこにいた時の私はどうかしていた。どんどん居心地がよくなって、都会に帰りたいとも思わなくなりかけていた。きっと、あの化け物共が、私に何か呪いでも掛けていたのだ。でも、もう大丈夫だ。この山を反対側に下れば別の港があって、そこから都会に帰る船も出ていることだろう。私は人間サマだぞ。必ず帰り付いて、政府に訴え、この猫島の化け猫共を一掃してやるぞ。

そう考えて、口元に笑いを浮かべながら眼下を見降ろして、私は、ぎょっと足を止めた。

海が…見えなかったのだ。なだらかな下り坂の終着点として、今しがた逃げてきたのとよく似た集落があるのは見えた。私の予想では、ここは島なのだから、その先には、海に続く別の港があるはずだった。ところが、海など影も形もなかった。その代わりにあったのは、集落を底として、徐々にせりあがる丘陵、つまり別の山の峰だった。その先は、その山々の頂きに行ってみないわからない。

一つの、恐ろしい想像が私の総身を震わせた。

この島は、集落と山が、どこまでもどこまでも続いているのではないだろうか。そう、丁度キジトラ猫の尻尾みたいに、集落・山・集落・山……と、だんだら模様になっていて……。

いやいや、まさか。私は、浮かんだ不安を振り払うように、急いで山を駆け下りた。喉がからからだったので、どこかで水を飲みたかった。小さな水音に導かれて行くと、そこには少し開けた場所があり、噴水があった。水音はその噴水からしていた。おそらく山の湧き水を集めて溜め、洗い物などにも利用しているのだろう。置き忘れたのか捨てたのか、小さな茶碗が一つ転がっていた。それを洗って水を汲んで飲もうと思い、私は噴水に近寄った。

するると、小さな影が一斉に動いて、こちらを振り向いた。それらが何なのか、私は既に知っていた。

猫達だった。てんでに好きな場所に寝そべって、興味のなさそうな素振りをしながら、視線だけは油断なく、私という異物を観察している。やけに黒猫が多かった。

「おや、お客人ですか」

私の真後ろで、突然大きな声がした。振り向くと、恰幅の良い色黒の男が立っていた。いつ現れたのか、まったく足音がしなかった。その男は、ようこそと私の肩に手を置いてにっこり笑った。

私は、ガクガクと膝が鳴るのを、止めることができなかった。

「……わ、私は」

「はいはい」

「私は猫が大好きなんです。特にその、黒猫に目がなくて」

私が泣き笑いの顔でそう言うと、その男は、嬉しそうにゴロゴロと喉を鳴らした。

笠井さんの家

約束の時間に呼び鈴を鳴らしても、玄関には鍵がかかっていた。笠井老人は少し耳が遠いので、訪問に気づかないことがある。祐子は、何度か呼び鈴を押してみたが、家の中に人の気配はなかった。見ると、玄関脇にいつも停めてある電動カーが消えていた。

「また出かけているのね。無事に帰って来れるといいけど」

要支援1の笠井は、少し足元がおぼつかなくはあるが、今のところは一人だけの生活に支障はなかった。ただ、生来の短気の所為で、しょっちゅう転んだり躓いたりするために、怪我は日常茶飯事だった。先日も、庭の梅の木を剪定しに出て、石に躓いて転びそうになり、手をついた拍子に手首を捻挫した。それが治ったばかりなのに、今日はもうじっとしていられなくなったのだろうか。

祐子は、預かっている合鍵で、勝手知ったる家の中に入った。玄関を塞ぐようにして、見慣れないダンボール箱が開封もされぬまま置かれていた。箱の上には、祐子が来ない日に取り寄せている弁当宅配会社の容器が二つ、洗わないまま放置されていた。やれやれと、祐子は苦笑した。

まあ、この程度ならましな方だ。年配男性の多くと同様、笠井は家事全般が苦手だった。そもそも、自分の身の回りを自分自身で処理するという気持ちが薄かった。

家の中はいつも乱雑そのもので、それでもまだ、ゴミ屋敷というレベルには、幸い達していないという段階だった。祐子の訪問先の中には、マスクなしでは一歩も中に入りたくない、ゴキブリの楽園化している家もある。それに比べたら、笠井はまだまだマシなのだった。

祐子は、薄手のゴム手袋をはめると、テキパキと、捨てていいと一目瞭然なもの（破かれた包装紙やら、中身が空になった菓子袋）を、ゴミ袋に放り込んでいった。それ以外の、祐子の目にはゴミに見えるが、笠井には大事かもしれないという、現時点で立場を留保されるゴミ予備軍は、すべて廊下の隅に寄せてとりあえずの通り道を確保する。こうしないと、年寄りは、ゴミに足を取られて転倒することも珍しくないからだった。

廊下にできた一本道を、今度は固く絞った雑巾で拭いていった。これだけでもかなり清潔な感じになったと、祐子が立ち上がったとき、低いエンジン音がして、笠井が帰ってきた。バタバタと廊下をやってきて、開口一番、

「おう、来てたんか。あんた、いくらヘルパーったって、勝手に他人んちに入って図々しいんじゃないか」と、言った。

相変わらずの憎まれ口だが、慣れっこの祐子は平気の平左で聞き流した。笠井の口

元が皮肉そうに上がっているときは、彼の機嫌がよい証拠だった。

「どこにお出かけだったんですか」

「へへ、これんとこだよ」と、笠井は右手の小指を立てて、チョイ悪親父を気取ってみせた。若い頃は、確かにモテただろうと思われる顔立ちの笠井であるが、今の彼を相手にしてくれる女性といったら、自分のような福祉関係の人間しかいないであろうと思いつつ、祐子は感心してみせた。

「そうなんだ。笠井さん、お若いですね」

するとと笠井は、

「へっ、本気にしてねえくせに。馬鹿にしてやがる」と、そっぽを向いた。

祐子は、構わずに話を変えた。

「冷蔵庫、空っぽなので、買物に行きますけど、何か食べたいものはありますか？」

笠井はちょっと考えて言った。

「あんたの料理なんか、みんな同じだよ。だけど、そうだなあ。塩辛が食いたいな。うんとしょっぱい奴。そんでもって酒を飲む」

祐子は、ため息をついた。

「そういうものばっかり食べていて、半年前に脳卒中で倒れたんでしょ。運よく軽度で済んで、麻痺も残らなかったけど、また倒れたら、今度はそうはいきませんよ」

笠井は、「うるせえヘルパーだなあ」と言い放って、テレビのある部屋に籠もった。

ヘルパーの契約時間には限りがある。今日は二時間の予定だった。簡単な掃除にもう四十分使ったので、あと八十分で買物をして、夕食を作らなければならなかった。

祐子は、歩いて十分の、一番近いスーパーに行き、笠井の口に合いそうな食材を探した。笠井は、わりとコッテリした食べ物が好きなので、今夜は酢豚にする予定だった。

『それでも、最初と比べたら、嘘みたいに笠井さん、素直になったわ』

小松菜を手に取りながら、出会った頃の笠井を思い出して、祐子はくすりと笑った。

罵詈雑言は覚悟していたが、最初に訪問したとき、俺の家に入るな！　と、いきなり水をかけられたのには参った。

「笠井さんは、長年独り暮らしをしてきた偏屈なお爺ちゃんだってさ。一度玄関先で倒れて、運よく回覧板を持ってきた近所の人が発見してくれて、救急車で病院に搬送されて一命を取り止めたんだって。退院して、さすがに自分でも、身の回りのこととかしんどくなってきて、うちに電話して来たんだよ。だけど、ヘルパーさんのことは、家政婦と同じだと思っているお爺ちゃんだから、前の人がすぐ辞めちゃったんだ。まあ、佐野さんなら大丈夫だと思って推薦しておいたから」

祐子が登録しているヘルパー派遣会社の所長の富永は、パソコンから目すら上げずにそう言った。新人の祐子の立場では、断れないとわかった上での推薦だった。

祐子は昨年、下の娘が結婚して家を出、夫と二人暮らしになったのを機に、夫と離婚した。最初夫は驚いて離婚を渋ったが、職場のバツイチの同僚と、十年以上も不倫を続けてきたことを祐子が知っていたと言うと、渋々離婚に同意した。夫は、家庭を壊すつもりはなかったと言ったが、不倫を止めるつもりもなかったのだ。祐子は、娘の結婚式に両親揃って出てやりたいという思いだけで、夫の裏切りに目を瞑ってきたが、その願いが叶った以上、不誠実な男と共に老いる理由は最早なかった。夫は、「なんで今更」とか、「オレの親の面倒は誰が看るんだ」とか、色々吠えていたが、祐子は早々に別居を実行し、弁護士を雇って、相応の条件で夫との縁を断ち切って佐野姓に戻った。娘からは、「やっと離婚したの？　よかった。別れない理由を、私の為とか言われたら嫌だなあと思っていたんだ」と言われた。確かに、娘の結婚式云々は、単なる言い訳で、本当は、妻の意地とか、踏み出す勇気とか、諸々の事由と折り合いをつけるのに、これほど長い年月がかかったというだけのことだった。祐子は、自分のそういう、優柔不断なところが大嫌いだった。

そこにいくと、笠井は祐子とは真反対のタイプの生き方を貫いてきた人間に思えた。

祐子に世話になっているにもかかわらず、「お世話になります」的な言葉は一切言わないと、はっきり最初の訪問日に宣言された。

「オレのお世話をするのがあんたの仕事で、お世話になるのがオレの役目だ。それで金が動く。それだけのことだろう」

祐子は、これだけ明瞭に意思を伝えてくれるなら、むしろ笠井は扱いやすい老人だと感じた。笠井の考え方に祐子は賛同した。

「もちろんそうですよ。だから笠井さん、アタシも、割り切って仕事をきっかりやらせて頂きます。アタシも、笠井さんのためじゃなくて、自分の生活のために仕事してるだけ。綺麗ごと言うつもりも暇もないです」

笠井は、あっそう、と応じて、「それならこっちも楽でいいや」と笑った。

それ以来、祐子は、笠井の家を週二回の割合で訪問することになった。可能な限り、事務的に効率的に家事をこなすこと、それが祐子のミッションだった。笠井は、なんのかのとケチばかりつけてきたが、そのうちに、それは祐子に話しかけるキッカケのようなものだと理解するようになった。

夕食の酢豚は気に入って貰えたらしく、笠井は老人とは思えない健啖家ぶりを見せて、大皿の料理を平らげた。それでも、美味かったとは言わない。

「やれやれ、塩辛も酒もない味気ないメシだったらありゃしねえ」

「塩辛、売り切れてたんですよ」

祐子が笑って言うと、「嘘つけ」と、膨れてみせた。テーブルに椅子を寄せて、祐子は笠井にノートと今日の買物のレシートを見せた。

「昨日までの現金が二万五千六百円。で、今日は三千八百二十二円使わせて頂きました。だから、残りは二万一千七百七十八円。確認して下さい」

そう言って、いつもの引き出しから出した買物専用の黒財布から、じゃらじゃらと紙幣と小銭をテーブルにぶちまけた。

「ん、わかった」

笠井は、ろくに見もしないで頷くと、「じゃあ、あんたはもう帰んな。時間オーバーなんだろ」と、祐子に向かって、追い払うような手つきをした。笠井の優しさなのだった。

「じゃあ、また明後日来ますからね」

「ん」

「お風呂は、シャワーで浴室を暖めてから入って下さい。あんまり熱いお湯に入っちゃ駄目ですよ」

笠井が、上目遣いに睨んできた。

「うるせえなあ。娘と同じことを言うんだな。あいつ、煩いんだよ。酒だめ煙草だめだよ、お父さんって」

娘の、いや家族の話など初耳だった。

「へえ、笠井さん、お嬢さんがいらしたんですか。そうやって心配してくれるなんて、よかったですねえ。お幾つ？　近くに住んでいらっしゃるの？」

笠井は、ぼそっと、「いいトシだよ。五十四歳」と言った。

「あら、アタシと同い年だわ」

すると笠井は、「ほお」と言って、「そうかい、同い年かい。てこたあ、オレの娘も大概オバサンなんだなあ」と、感慨深い口調になった。今日も平常運転だった。笠井さんは相変わらず失礼老人だったと思いながら、祐子は、笠井の家をあとにした。

翌々日、祐子が笠井の家にやってくると、笠井は、また留守だった。裏庭に回ると、剪定作業の途中で出かけたとみえ、梅の木の根元に、大枝数本と剪定鋏が放ったらかしになっていた。

「しょうがないなあ、もう」

勝手に物置にしまうと、また怒られる可能性があるので、鋏を軒先に置くだけにして、また合鍵で家の中に入った。今日はトイレの掃除をする予定だった。笠井には笠井なりのルールがあるようで、使った物はそこいら中に置きっ放しにするくせに、台所の食器棚とトイレだけは、常にきちんとされていた。と言っても、トイレットペーパーや、用を足すときに読むらしい雑誌の類が、ちゃんとあるべき場所に収まっているというだけで、目に見えない放尿の際の飛び散りはあるし、便器の黄ばみは如何ともし難かった。こういう所の掃除を、己れがするとは想像もしていないであろう笠井であるから、とにかくマメに点検して掃除しておくしかないのだった。今日は夕飯は買い置きの材料でなんとかなるから、心置きなく掃除ができる。

と、そこへ、笠井の電動カーの低いエンジン音が聞こえてきた。

「おう、来てたのか。ご苦労さん。今日はいい陽気なもんで、遠出してきちゃったよ」

にこにこしながら、笠井は、手にした二つ折りの携帯電話を祐子の目の前に突き出した。

「えっ、携帯？　買ったんですか？」

「おう。スマホとかにしろと、やたらに若い姉ちゃんに勧められたけどな、オレにはさっぱりわからんからさ。アンタ、日本人なら日本語喋ってくれやって言ったら、変な顔しやがった。で、最後に『お客様、こちらが当店で一番簡単な携帯でございます』っつって、これを寄越した。あるなら最初から出せばいいのによ」

携帯ショップでの若い店員の困り顔が目に浮かぶようで、祐子は思わず笑ってしまった。

でも、笠井は携帯なんて嫌がっていたのに、どういう心境の変化であろうか。

野菜炒めと卵料理の夕食を前にして、笠井は祐子に携帯の操作を教えろと頼んできた。

「メールとかはいらん。オレは電話しかせん。あんた、オレが電話しそうなところの番号だけ入れておいてくれ。病院とか、市役所の福祉課とか、な」

祐子は、はいはいと二つ返事で、笠井が連絡しそうな番号を、自分のスマホから検索して打ち込んでやった。それは十件にも満たなかった。手渡そうとすると、笠井が言った。

「おい、なんであんたの番号を入れない」

一気に不機嫌な顔になっている。祐子は説明した。

「笠井さん、アタシは一介の派遣ヘルパーですから、依頼者さんとの個人的な交流は禁止されているんです。何かご用のときは、会社の、ほらこの番号に電話して下さい」

「そういうまどろっこしいのはヤダ。いいから、会社には黙っててやるから、一応あんたの番号も入れておけ」

祐子は困ってしまった。一旦こうなると、笠井は厄介だった。通い始めの頃は、笠井との怒りどころがよく分からず、赤鬼の形相の彼が手を上げそうになり、急いでそばを離れたことも一度や二度ではなかった。今の笠井は、あの時のように顔を赤らめ、目を見開いて癇癪に備えている。祐子はとうとう根負けして、「知人」の枠に自分の携帯番号をそっと入れた。笠井が、途端に破顔した。やれやれ……。

と、祐子は気がついて聞いた。

「そうだ、お嬢さんの番号は入れなくていいんですか？　一番大事な連絡先でしょうに」

祐子が手を出すと、笠井は、携帯電話を隠すようにして、「いいよ」と呟いた。

「あいつの方からしょっちゅう連絡してくるからいいんだよ」

「そうなんですか」

「あいつ、離婚した女房に連れられて行っちまって以来、ずっと会えなかったんだけどよ、最近よく連絡してくるんだよ。だから、あんたのことも話したりしたよ」

「へえ、そうですか。アタシのこと、悪く言っているんじゃないですか？」

「へへ。娘がさ、お父さん、いいヘルパーさんが来てくれて、寂しくなくてよかったねって言うんだよ。…娘と同い年かあ」

「お嬢さん、今はどちらにお住まいなんですか？」

祐子の問いかけが聞こえなかったのか、笠井は、ご馳走さんと言ってトイレに立った。

そんな風に日々は過ぎていった。祐子は、判で押したように、毎週二回笠井の家に行き、決められた家事の補助を、決められたペースでこなした。笠井は、合鍵を祐子に預けてあるためか、平気で家を空けた。それだけ信頼されているのだと思い、笠井が留守の時は、ちょくちょく合鍵で祐子は家に入っていたが、ある時、会社顧問のケアマネージャーから、注意を受けた。

「佐野さん、貴女、依頼者さんの家に合鍵で入るのは、緊急以外はできるだけ避けてね」

「はい？」

「お金が盗られたとか言い出されるトラブルが多いから。お年寄りが思い込んだら、十中八九こちらが折れなきゃならないから」

それからは、笠井が帰ってくるまで、外で待つようになった。しかし、そんな祐子の都合などそっちのけで、笠井は、時々電動カーに乗っては、あちらこちらと出かけるのであった。

あるとき、笠井が帰ってきた時間が、もう祐子が帰る予定の二十分前になっていた。その日は肌寒い日で、玄関先で待っていた祐子の体はすっかり冷えてしまった。いくら訪問時間に家にいるように頼んでも、こちらの都合などどこ吹く風の笠井に、祐子はすっかり腹を立ててしまった。

「笠井さん、またお出かけですか。今日はもう、お世話できる時間がないですよ」

すると笠井が、「いいよ、そんなの」と答えたので、祐子はますますカチンときた。

「なんなんですか、そんなのって。アタシがやっていることなんて、そんなの呼ばわりされる程度のことなんですか」

アタシの世話になっているくせに、その態度は何なんだ、と、日頃なら思いもしない台詞が、祐子の口から出掛かった。

笠井は、恐縮するどころか、そんな祐子の様子を見て、あろうことか笑い出した。

「おおー、怒るとやっぱり似ているわ。娘の里美にそっくりだ。オレは娘にも、いっつも、なんでか怒られていたんだよなあ」

祐子は、ふん、と鼻を鳴らした。

「他人を怒らすことをするんだから、仕方ないじゃないですか」

「待たせちまってすまなかった。だけど、鍵を持っているんだから、中に入ってくれててよかったのに」

「それができないから怒っているんです！」

「決まりだってんだろう？　そんなの、黙ってれば分からないって。オレは黙ってるから、今度から入っていてくれよ」

「そういう訳にはいかないんです！　アタシは会社に雇われて派遣されているんだから、勝手な真似したらクビになっちゃうんです！」

笠井は、やれやれというように、顔の前で手をひらひらと振った。その右手の甲に、祐子は新しい傷を見た。だいぶ出血したとみえ、セーターの袖口から除くネルシャツの袖が、赤黒く染まっている。甲の傷は、血がすでに固まっていたが、動かすとすぐに固まりがはがれそうで痛々しかった。

すぐに家に入って手当てをしてやらなくちゃと思ったが、その日は祐子には、次の仕事が入っていた。

「すみません、今日はもう行かなくちゃ。明後日来たときに、今日の分もお掃除頑張りますから、もう行きます。だけどお食事がー」

「いい、いい。出前でも取るから」

そう言っても、実際には出前など頼まないだろうとわかっていたが、祐子には時間がなかった。そこで、祐子に叱られながらも、何故か機嫌が良さそうに見える笠井の家を、怒ってしまったことを反省しながらあとにしたのだった。


祐子のスマホが突然鳴った。その日、仕事は休みだったので、一人暮らしをしているアパートの部屋のカーテンを洗ったり、溜まったゴミをまとめたりと、必死に奮闘しているところだった。狭い1ＬＤＫでも、ちょっと怠けているとすぐに汚れが目立ってくるが、祐子は、一人暮らしに甘えて、だらしない生活をしたくなかった。離婚のときに、「お気楽な主婦が一人でどうやって生きていく？　ゴミ部屋に埋もれて孤独死がオチだ」と嘲笑した元夫の顔が浮かんできて、気がつくと必死で掃除や洗濯をしてしまうのだった。

本当は、もっとゆとりが欲しかった。長年、祐子の生甲斐は、子供の成長と庭の手入れだったから、せめて狭くてもいいから、庭付きの家で、また草花の手入れをしながら暮らしていくのが夢だった。祐子の現状では、所詮夢は夢に終わってしまいそうだったが――。

そろそろ昼食の準備に取りかかろうと思っていると、見知らぬ番号が液晶画面に浮かび上がった。

「どうせ勧誘とか、ろくでもない電話だわ」

一度は無視した。すると、いったんコールが止んだが、すぐにまたかかってきた。また無視しようとも思ったが、何か胸騒ぎがして祐子は電話に出た。

かぼそい声が、「佐野さん、すまん」と言った。

「笠井さん?」

祐子は驚いた。いつものシニカルな印象とはかけ離れているが、笠井の声に間違いなかった。

「笠井さん、何かあったんですか?」

笠井が薄く笑った。

「しくじっちゃったよ。今オレ、電動カーの下敷きになってる。すぐ横を車がびゅんびゅん通るんだけど、草の陰になってて見えないのか、誰も助けてくれんのだ」

はあ? と、祐子は耳を疑った。どこにいるのかと言おうとしたとき、イテテテという呻き声と共に笠井は無言になった。

「ちょっと笠井さん、笠井さん！」

呼びかけても無駄と悟り、祐子は冷静になろうと自分に言い聞かせた。

「そうだ、交番なら」

大急ぎで110番にかけて、状況を伝えた。電動カーが転倒して下敷きになった高齢者がいるけれど場所が不明と言うと、笠井の携帯電話の番号を聞かれた。それで笠井の居場所を特定できるらしかった。

「よろしくお願いします。連絡ができる状況になったら、私に笠井さんの電話から連絡して貰えないでしょうか」

伝えますという言葉と共に電話は切れた。それからというもの、祐子は何をしても手につかなかった。折角の休日だったが、まったく休んだ気にはなれなかった。午後の三時を回った頃、富永所長から祐子に電話があった。それによると、笠井はその後じきに発見されて、市内のR病院に収容されたそうだ。祐子は心底ほっとした。

富永所長は、祐子にこうも言った。

「だけど、どうして笠井さんは、うちじゃなくて佐野さんに直接電話したのかなあ。ヘルパーさんがお年寄りと個人的に付き合うのは禁止されているって、佐野さんも知っているよね。個人電話の番号なんて教えて貰っては困るんだけど」

祐子は、曖昧に言葉を濁すしかなかった。

「まあ、今回は緊急だったし、貴女のおかげで大事にならなくて済んだんだから、これ以上は言わないけれど、今後気をつけて下さいよ。次は、契約打切りも有り得ますから」

「わかっています。すみませんでした」

祐子は、早々に通話を切って、やれやれと、凝った肩をコキコキ音をさせながら大きく回した。今からなら、R病院の面会時間に間に合うかもしれない。あら、笠井さんの反骨精神が、アタシにも移っちゃったかしら?


一体どこに行って、こんな目に遭ったのか、何度尋ねても笠井は答えなかった。そして、「そんなに心配しなくても、もう用は済んだから、当分出かけないよ」と言うばかりだった。出かけようにも出かけられないというのが本当で、怪我が原因で入院した笠井だったが、検査の結果、高血圧症、肝臓と心臓の疾患があることが判明して、怪我が治った後もしばらく入院しなければならなくなった。

「まったく、病院てところは、無理矢理病人を作り上げちまう。だから来たくなかったんだ」

笠井ならそう言うだろうと祐子が思ったとおりのことを言って、笠井は口を尖らせた。

祐子は、仕事の暇を縫って、二、三度笠井を見舞ったが、笠井は大抵うつらうつら眠っていることが多かった。なんだか気が緩んだ様子だった。

もうじき暦の上の冬も終わろうというある日、祐子は数日ぶりに笠井の病室を訪れた。やはり笠井はよく寝ていたので、祐子は黙って帰ろうとしかけた。するとそのとき、笠井が、ぽっかりと目を開けた。祐子を見ると、「里美」と、優しい声で呼びかけた。そして、「父さんな、この頃お前のことばっかり」と言いかけたが、すぐに祐子だと気づいたようで、「ああ、あんたか。娘と会っていたから……」と、もごもごと呟いた。手の甲で、いつもの追い払うような仕草をされたので、祐子は、笠井が微笑っていたのに安心して、小さく「お大事に」と呟いて病室を出た。

それが笠井との最後の会話だった。その夜、笠井は誤嚥性肺炎を併発して、翌日意識不明に陥った。祐子に知らせは来なかった。もっとも、その日は仕事中でスマホの電源を切っていたため、危篤の知らせを受けても駆けつけることはできなかっただろう。祐子が最後に見舞いに行った翌々日の朝方、笠井は静かに息を引き取った。祐子はそれを、富永所長から聞かされた。

「佐野さんは、担当したお年寄りが亡くなる経験は初めてかい。笠井さんは、もの凄く佐野さんを気に入っていたから、動揺するなというのは無理だろうけれど、こればかりは運命だ。私達の仕事は、ここまでだよ。悲しんであげて、その後は切り替えて下さいよ」

富永の言葉に、祐子も、そのとおりだと頷いたのだった。

笠井は、後見人として隣の市にある大きな法律事務所の弁護士を指名していたらしく、病院や派遣会社との事後処理や、葬式の手配等、一切をその弁護士がてきぱきと仕切った。祐子は、告別式の末席で、笠井の憎まれ口や笑い顔を思い出して、一人でお別れの言葉を呟いていた。

そして、葬儀から一週間が経った頃、祐子の下にその弁護士から、笠井氏の遺言についてお話がありますと連絡が来た。何も心当たりがないままに、祐子は指定された喫茶店に出かけた。

北見と名乗った弁護士は、祐子の目の前に、大ぶりの書面を広げて話し出した。

「これは、笠井さんが亡くなる直前に作成した公正証書遺言の正本です。お読み下さい」

なんで自分がと思いながら、祐子は書面に目を通した。しゃちほこばった言い回しの難解な文面だったが、そこには、「自分の全財産を祐子に譲る。ただしその中から、祐子が思うだけの金額を、震災孤児に寄付してやってほしい」という内容が記載されていた。

祐子はしばらく呆然としていたが、やがて気を取り直して北見に尋ねた。

「あの、これは冗談ですよね？　だって、お嬢さんは？　笠井さんには、離婚した奥さんが引き取った一人娘さんがいるはずですよ」

北見弁護士は、不思議そうな顔をした。

「里美さんのことですか？　いえ、里美さんは、もうだいぶ前、高校生の頃に事故で亡くなっていますよ」

「亡くなっている？」

「はい。笠井さんは、奥さんも子供も、ご兄弟もいない、本当の天涯孤独の身の上だったのです。それで、数年前に私のところにいらして、まず後見人契約を結びました。でも、体は衰えても頭はしっかりしておられたので、私は殆ど後見人の仕事はしていませんでした。

するとと、最近になって、遺言書を公正証書で作りたいと言って、何度か私の事務所に来られました。実は、今回の電動カーの事故に遭った日は、公証人役場で公正証書を作って、私にこれを預けた後、ご自宅に帰る途中だったのです」

「……。笠井さんは、それで、よくどこかに出かけていたのですね」

「貴女の中に、ただのヘルパーさんでなく、娘の里美さんを見ていたのかもしれません。笠井さんは、うちの事務所を出るときに、『これで気が晴れ晴れした。佐野さんなら、オレの意思をしっかり継いでくれるに決まってる』と言っていましたよ」

そう言ったときの笠井の顔が浮かんできて、祐子は涙が出そうになった。

「なんでアタシに。笠井さん、無謀ですよ。アタシがこれ幸いと、寄付なんか無視して、全部自分のためにお金を遣っちゃうかもって考えなかったのかしら」

「それは、私も言いました。でも、それならそれでいいという返事でした」

北見弁護士は、「これから笠井氏の自宅売却手続きに入ります。預貯金等を下ろす手続きもします。笠井さんの財産目録が出来たら、改めてご連絡します」と言って、伝票を持って立ち上がった。

祐子が何も言えずにいると、北見は、ふと思い出した風で、席に戻ってきて言った。

「ああ、もう一つ、笠井さんからの伝言がありました。もし貴女がお嫌でなければ、家は売らないで貴女に住んで貰いたい、と。家の中で貴女が家事をしているのを見ていると、里美さんがそのまま大きくなって、一緒に暮らしているような気持ちになれて嬉しかったそうです。もちろん、売却でも賃貸に出すでも、貴女の要望次第です。よく考えておいて下さい」

弁護士らしく事務的に一息に喋って、北見は、今度こそ店を出ていった。

あとに残った祐子は、夢の中にいるみたいな気分を抱いて、長いこと座り込んでいた。

店内に流れる曲が、典雅なバロック音楽に変わったとき、ようやく顔を上げた。そうだ、笠井さんが可愛がっていた植木が放ったらかしだった。折角新芽を出しかけた草木に、明日にでも水をやりに行かなくちゃ。水仙はもう咲いたかしら――。

そう思ったら、突然目の前が明るく開けてきた。笠井さんの家に住もう、と祐子は決心した。耳元で、「おう、そうしろよ」と、聞きなれた笠井の声がしたように感じた。

「ＮＨＫ銀の雫文芸賞２０１８」入選作品

小勝山の鳩と猫

小勝山団地《おかちやまだんち》の一番上のバス停で、コミュニティバスから降りた川辺春美さんは、思わず大きな溜め息をついた。両手の買い物バッグはずしりと重い。これを持って暑い中を、もう少し先の自宅まで、坂道を登って行かねばならない。今日は久しぶりに二九七号線沿いのスーパーまで行ったので、ついつい多めに食材や日用品を買ってきてしまった。

「大丈夫！　このくらい、良い運動だからね！」

自分に言い聞かせるように気合を入れて、さて、と足を踏み出した。

夫が生きていてくれた時は、何を買おうと彼が車で運んでくれた。分譲団地のほぼ頂上に購入した我が家は、若かった当時は展望の良さを喜びこそすれ、別段不便とも思わなかったものだった。夫は勤務先の五井の会社まで車で通勤し、若く活発だった春美さんは、小勝山の隣の光風台団地のスーパーくらいなら、軽く二往復するくらいの元気があった。子供達も団地を飛び回って大きくなった。学区は、団地の頂上付近で分かれていて、北側は光風台小学校、南側は寺谷小学校だったので、息子二人は寺谷小の方に世話になった。のどかな環境でのびのびと育った息子らは、あっという間にぶっきら棒な大人になって家を出ていった。今は二人共家庭をもって、なんとかやっているらしいけれど、ついぞ訪ねてくることはない。

その後、夫との二人暮らしが長く続いた。このまま仲良く添い遂げるのだと、春美さんは思っていたが、去年夫が急死してしまった。そして初七日を過ぎて数日という頃に、見知らぬ女が押しかけてきた。なんと夫は、十年間もその女（チンケなスナックのママだったけど）と、浮気をしていたというのだった。女は厚かましくも、夫とは結婚することになっていただの、少しで良いからこれまでのお世話料をくれだのと、春美さんに迫った。それがかえって、生きる気力を失いかけていた春美さんの闘志に火を点けて、色々と修羅場を繰り広げた結果、見事女を退散させたのだった。まあ、今になって思うと、女との闘いがあったから、夫を失った悲しみから立ち直れたような気がする。だから、その女にはある意味感謝してもよいかも、と今は思えるようになっていた。

女の件がようやく片づいた頃、今度は仲が良い兄弟だと信じていた我が子二人が、春美さんの今後の介護の押し付け合いを始めた。そのくせ夫の遺産はきっちりと、法定相続分を要求してきた。まあ、法的権利だからね。

春美さんはその要求を全て飲んだ。だから彼女の取り分は、ほぼ自宅のみで、夫名義の預貯金は殆どを長男次男がきっちり分けて持っていってしまった。札束を目の色変えて数えていた嫁達の浅ましい姿を思い出すと、春美さんは今でも血圧が上がってくるのだった。嫁達に怒りは覚えない。あの女達にはハナから期待なんぞしていないからだ。揃いも揃って、ああいう品のない女を選んで、母親を失望させた情けない息子らに怒ったのだったが……。

「でもねえ、そういう男に育てちゃったのはあたしだものね。あーあ、可愛かったのに、どうしてあんな馬鹿になったんだろうねえ」

家まであと少しだ。数件の空き家の前を通り過ぎる時、春美さんはいつも寂しくなる。このお宅には去年まで人が住んでいた。あそこの家も、うちの子の同級生のかっちゃんがいた。だけど、ずいぶん前から空き家になって、屋根も庭も荒れて草茫々だ。小勝山団地は、かつては子供が沢山坂を走りまわっていたのに、今はあたしみたいな年寄りばかりの団地になってしまったなあと、また溜め息が出た。

市原市には沢山の造成団地がある。大小様々の小山や丘を切り拓いて段々状の住宅地を造成したところも多い。春美さんが住む小さな小勝山団地と、隣接する大きな光風台団地もそうだった。この小勝山団地は、田んぼの中のこじんまりした小山が段々状に削られていて、その中央をメイン通りが突っ切っている。そこから網目状に何本もの路地が交差しているという、わかりやすい形状だった。メイン通りが結構急坂で、春夏秋はよいものの、冬は少々問題があった。雪が降ったりすると、車で坂を行き来するのが困難になるのである。雪国ではないので、スタッドレスタイヤとかチェーンなどの備えに疎い者が多く、そもそも降るか降らないかわからない雪に備える意識が低かった。だから、この団地の麓には広い駐車場が存在していて、冬場に自宅まで車で上りきる自信がない者は、そこに駐車スペースを借りて、雪の日にはそこから徒歩で帰るという方法をとっていた。春美さんの家も、麓から一番遠い区画にあったため、夫が会社勤めをしていた頃は、この麓の駐車場に一台分を確保していたものだった。何故なら、でも夫が亡くなったのを機に、駐車場契約を解除して、車自体も処分した。専ら運転は夫だけに任せてきた結果、春美さんは文字通りのペーパードライバーになってしまったので、車の運転にからきし自信がないのだった。コミュニティバスも通っているし、移動手段はあると自分に言い聞かせて、春美さんは夫との思い出の詰まった愛車を手放したのだった。運ばれていく愛車を見送った時には、思わず涙ぐみもしたが、でもあの車に女を乗せたこともあったのだろうと考えると、「手放してせいせいしたわ」とも思った。

時折、夫との楽しかった思い出と共に、裏切られた悔しさを思い出して苛々する時は、いつも仏壇の夫の位牌に向かって、叩きつけるように思い切りお鈴を鳴らしてやることにしている。幸か不幸か、自宅の周りは空き家ばかりなので、結構な音を出しても苦情が来る心配はないのだった。

おはよう、あなた。カーン。バカバカ、カンカン。勝手に死んで、浮気までして。裏切者め、カンカンカン……。

さて、来し方を思い出しつつ歩いているうちに、春美さんは家に辿り着いていた。錆の浮いた扉を開けて、玄関ポーチに入ったところで、クウクウと鳩の鳴き声が耳に飛び込んできた。そっと覗くと、庭に置いた盆の中のパン屑を、二羽のキジバトがついばんでいた。

「来てる来てる」

なんとなく嬉しくなって、春美さんは急いで家の中に入った。傷みやすい肉と魚をとりあえず冷蔵庫に入れて、紅茶入りのマグカップを手に、リビングの椅子に座った。ここからが一番よく庭が見えるのだった。鳩は、お互い何かを話し合っているかのように、ククルル、ククルウ…と鳴き合いながら、パン屑を拾うのに余念がない様子だった。

「可愛いねえ」と、春美さんが目を細めて呟いた時だった。けたたましい声と共に、鳩らが空中に飛び上がった。驚いて紅茶をむせながら見ると、何度か見かけたことのある黒猫が一匹、鳩たちに跳びかかったのだとわかった。鳩は危機一髪だったわりには余裕の体で、屋根の上にとまって、猫に向かってクウクウ鳴いた後、ケロリとした様子で飛んでいってしまった。

「またアンタなの？　一体どこの猫よ？」

春美さんがガラス戸を開けて怒鳴っても、猫はふてぶてしい顔で一瞥してからニャーオと鳴いた。片耳に桜の花弁のような切込みがある。地域猫なのだと春美さんは理解した。野良猫を保護し、ワクチン接種や不妊手術を施した後、片耳に切込みを入れて元の場所に戻すというNPO法人的な組織があるから、この黒猫もその中の一匹なのだろう。だけど、地域猫と名前を変えても、野良猫であることには変わりがないのだ。腹を空かして鳩を狙ったのかと、春美さんは少し哀れに思ったが、しかしそれにしては目の前の猫はなかなかに肉付きが良く、人馴れもしている風であった。

するると、わりと近くから、「クロ、クロやーい」と、女性の声が聞こえてきた。それを聞くなり、黒猫はパッと身を翻して、声の方角へと走り去っていった。春美さんは、なんということもなく、猫の後を追ってみた。探すまでもなく、声がまた聞こえてきた。

「クロや、たんとお食べ。今日はトリ皮も入れてあげたよ」

佐竹という表札がかかった家の前で、春美さんよりも少し年上と思しき女性が、しゃがみ込んであの黒猫に餌をやっていた。ウミャウミャと唸りながら、猫は山盛りのキャットフードを食べている。

春美さんは、女性に声をかけてみた。

「すみません、この猫ちゃん、お宅で飼ってるんですか？」

佐竹秋穂さんは、猫を撫でる手を止めて答えた。

「ええまあ。そんなものだけどどうして？　クロが何かお宅に迷惑でもおかけしたのかしら？」

春美さんは少し戸惑った。野生の鳩に猫がチョッカイをかけるのは自然のことだし、別に自分が迷惑を被ったというわけでないという理屈はわかっていたのだが、とりあえず世間話風に言ってみた。

「あたしはすぐそこの川辺という者ですけど、庭に小鳥がよくやって来るんです。特に鳩が。だけど、最近お宅の猫ちゃんが遊びに来ては鳩を追い払うんですよ。元気が良い猫ちゃんねえ」

すると、秋穂さんは「それはまあどうも申し訳ない、というべきなのかしら」と言いながら立ち上がり、そして、「でも、もうそういうことはさせませんと約束することとは無理だわよ。猫の本能だから」と答えてきた。春美さんは、なんだか喧嘩を売られた気分になった。なので、「いいええ。でもね、飼い猫というのなら室内で飼って頂けたら有難いんですけど」と、精一杯丁寧に言ってみた。

フンという音が聞こえたような気がした。というか、確かに聞こえた。秋穂さんは、憐れむような表情で言った。

「アタシもそうしたいとは思うけどね、このコ、地域猫だったのよ。野良だった時が長いから、アタシがいくら家の中に入れておいても、隙を見てすぐに脱走しちゃうの。つまりどうしようもないのよ。猫は鳥を追うものなんだし」

春美さんも、その理屈はわかる。でも、秋穂さんはそれだけに留まらずに反撃してきた。

「アタシも言わせて貰うけどね、最近やたらに鳩の糞がそこいらに落ちてるなあと思ってたけど、お宅が原因だったたんだね。洗濯物にもくっつくし、ひとんちの猫に文句を言う前に、自分の鳩好きが引き起こしている迷惑をなんとかしてほしいわあ」

これには春美さんもカチンときた。そんなのは論理のすり替えじゃないかと思った。

「なによ、猫ばばあ」

口の中で呟いたつもりが、声に出ていたのだろうか。

「じゃあ、そっちは鳩ばばあ」

あちらもしっかりと呟いてきた。聞かなかった振りをして、春美さんは踵を返して自宅に戻った。これが鳩ばばあの川辺春美さんと、猫ばばあの佐竹秋穂さんの出会いであった。何かの始まりを告げるように、団地の森の蟬たちの合唱が、辺り一杯に響き渡っていた。

半月後、春美さんは早足で歩いていた。イッチニ、イッチニ、と、自分を鼓舞するように声を出しながら。多少は日差しが和らいできたので、夏の間さぼっていたウォーキングを再開したのだった。要は散歩である。何かの本で、ただダラダラと歩くよりも、緩急をつけて歩くと効果的だと読んだので、時々思い出したように歩調を変える。周りを見つつ、独り言を言う。

「あらあ、もう秋明菊が咲いている。これ、好きなのよね。このお宅は、木蓮を切っちゃったんだ。勿体ないわねえ」等々。

他人様の庭の有様に、他愛もない感想を漏らしつつ歩くのは楽しかった。関わることはなくても、同じ団地内で生活している住人らとは、なんとなく連帯感を感じているので、彼らの生活の営みを身近に見ると、少し寂しさが紛れる気がするのだった。

散歩は思いがけない出会いももたらしたりする。春美さんが、次の角に辿り着こうとした時、視界をサッと黒い影が横切った。

「うん？」

この頃また目が悪くなってきたから、見間違いかとも思ったけれど、目を足下に落とすと、そこにクロがいた。何を思ったか、クロは春美さんの踝に体をこすりつけてきた。春美さんがしゃがみこんで、クロの喉と耳の後ろを搔いてやると、ゴロゴロと雷みたいな大きな音を立てて目を細めるのだった。

すると、秋穂さんが現れて、驚いたように言った。

「へえぇ、クロが懐くなんて珍しい。貴女、猫は嫌いなんじゃなかったの？」

前回少し失礼だったかなと反省していたので、春美さんは笑顔で応じた。

「とんでもない。猫、大好きですよ。でも鳥も好きなんです。動物全般、蛇はちょっと苦手だけど、生き物はなんでも好きですよ」

ねえ？　とクロに話しかけた。クロは、上機嫌で喉を鳴らし続けている。ゴロゴロゴロ……。でも、秋穂さんがポケットから猫クッキーを取り出すと、パッと春美さんから離れて、今度は秋穂さんの足にまとわりついた。「現金だねえ」と、二人の声がハモッた。

「実はアタシもね、猫も好きだけど鳥も結構好きなのよ」

秋穂さんが、宣言するかのように胸を張って言った。

「なあんだ、じゃあ、あたし達、動物好き同士なんですね」

「アタシは花も好きだわよ」

「あたしもですよ。今度庭を見に来て下さいよ」

秋穂さんも笑顔になった。目尻の皺が可愛くて、昔はこの人美人だったんだろうなあと思える笑顔だった。

「いいわね。でもあんた、なんで敬語使ってるの？」

「だって、お宅は一応目上でしょ？　私はまだ七十七歳ですし」

「あっそう。確かにアタシの方が十近く上だわね。でも、敬語は抜きで話そうじゃないの」

「じゃあ、そういうことで」

会話がポンポン飛び交った。二人共に、思った事は腹蔵なく口に出すし、根に持つタイプではなかったので、最初の印象と百八十度異なり、結構ウマが合うという気がしてきた。話し相手ができるのは、どちらも大歓迎だったのであった。

次の日、早速秋穂さんが春美さんの家にやってきた。

「ほーい、鳩さん。お茶菓子持参で来たわよ」

ということは、お茶を出せということだ。春美さんは、久々にお気に入りのペアカップを取り出して、「また出番が来たよ」と囁いた。

ディンブラーの葉が開くのを待つ間に、秋穂さんは手提げ袋から、バウムクーヘンと豆大福を出してテーブルに並べた。

「鳩さんの好みがわからないから、和菓子洋菓子、両方持ってきたわよ」

春美さんの秋穂さんに対する好感度が一気に上がった。バウムクーヘンも大福も、名の通った老舗の菓子だった。口にするのは久しぶりだった。

「ありがとう、猫さん。どっちも大好きなんだけど、なかなか買いに行く機会がなくてねえ。ずっと食べたかったのよ」

すると、秋穂さんは呆れたようにこう言った。

「は？　わざわざ買いになんて、アタシだって行けないよ。鳩さんは、ネットのお取り寄せとかを知らないの？」

春美さんも、ネットショッピングの存在くらいは知っていたけれど、自分で利用したことは今までなかった。以前一度だけ、チラシに載っていた化粧品を注文しようとしたことがあったのだけれど、会員登録だのパスワードだの、とにかく面倒臭くて、まごついているうちに画面が勝手に閉じてしまって、とうとう途中で諦めてしまった。それ以来、ネットで買い物を試みたことはなかった。

「だって、別に必要ないもの」

　春美さんが言うと、秋穂さんは再び「は？」と言った。

「必要ないって、何言ってるのよ鳩さん。アタシらみたいな環境にいる婆さんこそ、ネットショッピングが必要な買い物弱者なんじゃないの」

　秋穂さんは、バウムクーヘンを切り分けている春美さんに向かって、ネットの利便性について滔々と説明した。

「車なしでは買い物にも行けないけれど、この団地の坂は急だから、アタシみたいに運転が下手だと怖いのよ。人身事故さえ起こさなかったけど、何度も車体を擦っちゃって、結局車は廃車にして免許も返納したの。でも買い物が不便になったから、頑張ってネットを勉強したわけよ。メカはホント苦手でさあ、最初は何一つわからなかった。ストレスだったよ。でもやるしかないから頑張った。ヒトに頼りたくなかったし、何よりも子供らに頼りたくなかったのよ。今じゃ、このトシにしてはなかなかのネット通になったと思う。この菓子だって、ネットで注文したんだよ」

　猫さんは努力家なのだなあと、春美さんは本心から思った。目の前の障壁に愚痴はこぼすものの、何ら現状打破の努力をしなかった自分と違って、この人は、ちゃんと対策を立てて苦手なメカにも挑戦して克服したのだ。もうトシだから、なんて言い訳をして逃げたりしなかったのだ。

春美さんは、思わず秋穂さんに頼んでいた。

「猫さん、お願い。うちにも主人のパソコンがあるのよ。あたしに使い方を教えてくれない?」

小鳥の餌のまとめ買い、ペットボトルの箱買いがしたかった。重たいワインも注文して、猫さんと一緒に飲んだりして……。

「いいよ。自己流だけど、日常生活が快適になるくらいのことなら教えてあげるよ」

こうして、春美さんと秋穂さんは、日毎に友情を深めていった。互いの家を行き来してお茶を一緒に飲んだり、得意料理を差し入れし合ったり、適度な距離を保ちつつの付き合いを続けていた。二人共それなりに人間関係のトラブルは大抵が距離感の測り方の誤りから生じるという事実を体験していたので、友人が出来たからといって、舞い上がった結果、ベッタリと相手に依存するような愚行を犯さずに済んだのだった。「親しき中にも礼儀あり」を自然と実践できているのは、やはり年の功というものであったろう。

春美さんの買い物弱者問題は、秋穂さんの助けを借りてほぼほぼ解決した。負担に感じる買い物は、宅配をフルに活用して、日々の買い物が負担にならない程度になると、買い物が楽しくなった。長いこと誰も訪れることがなかった家に、元気いっぱいの若いコが、「お届け物でーす！」とちょくちょくダンボール箱を抱えて来てくれるようになると、なんだか空気が明るくなる気がした。一つできることが増えると、秋穂さんは、すごいすごいと褒めてくれた。それが嬉しくて、久しぶりに生きるのが楽しいと思っている自分に気づく春美さんであった。

　春美さんは、つくづく不思議に思うのだった。こんな機械がどうして世界のどこにでも繋がっていけるのだろうか。世界中の情報が、望む望まないにかかわらず、いきなりワッと入ってくる。こんなすごい物をどうやって作れたのだろう？　どういう仕組みになっているのだろう？　まあ、車にしたって、別に構造理論を知って運転していたわけではない。最低限操作ができればそれで良いのだけれど……。それにしても、八十の齢を目の前にして、自分が如何に無知蒙昧であったかと、春美さんは改めて自覚した。春美さんはふと腑に落ちた。猫さんが恰好良いのは、いつも自分で考えて生きているからだ、と。ネットは便利だけど、情報の取捨選択ができるくらいの聡明さと問題意識を自分も持ちたい、と。

　そんなある日のこと、秋穂さんから電話がかかってきた。直接訪問せずに電話とは珍しいと思っていると、秋穂さんはこう言った。

「あのね、鳩さん。大したことでもないけど、この頃アタシ、膝とかいろんな所が痛くてさあ。寒くなってきたし、大事をとって明日から冬の間は、当分散歩を休もうと思っているんだけど」

「あらあら、大丈夫？　それじゃ、あたしも休もうかな」

するとと、秋穂さんはぴしゃりと言った。

「それはダメ。アタシみたいにならない為にも、あんたはちゃんと続けなさい。あんたくらいの時から怠けないで動いていればよかったって、最近つくづく思ってるのよ。あんたはまだ間に合うんだから、一人でもしっかり歩きなさいよ」

やれやれ、勝手な猫さんだと思いながら、それでも「お大事に」と言って、春美さんは電話を切った。

電話から一週間経ったが、秋穂さんとの接触は途絶えたままだった。お互いにべたべたした付き合いは嫌いだから、春美さんも特に気にしてはいなかったけれど、流石に二週間が過ぎたあたりから、ちょっとご無沙汰過ぎないかと気になってきた。そこで電話をかけてみたが、何度コールをしても繋がらなかった。

『なんだ、いないのか。出かける元気があるなら良いけど。それにしても、猫さん、ちょっと薄情なんじゃない？』

電話を切ってリビングに戻ると、庭先から、ニイ～と聞きなれた鳴き声が聞こえた。クロだった。春美さんの顔を見ると、クロはカリカリとガラス戸を引っ搔いて、訴えるように鳴き続けた。

「どうしたの、クロ。なんか痩せた？　お腹空いてるのかい？」

春美さんの家にも、今ではクロの為のキャットフードが置いてある。それを手近な皿に入れて出すと、クロはウミャウミャという声をあげて、すぐに平らげてしまった。

「猫ちゃんは、あんたのご主人はどうしたの？　何かあったの？」

クロはただ、ゴロゴロと頭を擦り付けてくるばかりだった。

その日から、クロは殆ど春美さんの家で過ごすようになった。秋穂さんの家に様子を見にいっても、いつも人の気配がせず、玄関のチャイムが虚しく響くだけだった。春美さんは、リビングの隅に置いた座布団の上で、以前からこの家の猫みたいに寛いでいるクロを撫でながら、「あんたのご主人、入院でもしてるのかな？」と、話しかけることしか出来なかった。

また数日後のことである。いつものように猫さんの家の前に来ると、見慣れないワゴン車が停まっていた。そして、家の中から、五十代くらいの女性が、大きな手提げ袋を両手に持って出てくるのに出くわした。春美さんは、慌てて呼びかけた。

「すみません、猫…いえ、秋穂さんのお身内の方ですか？　あたし、彼女の友人なんですけど、彼女に何かあったのですか？」

女性は、「ああ、貴女が鳩さんですか」と、荷物を車に置いて、春美さんの近くに来た。そして、お辞儀と共に、

「母が大変お世話になったようで、ありがとうございました」と言った。春美さんは、女性の物言いが過去形であるのが気になった。

「母は、半月ほど前に、凍結した道路で転んで入院したのです。肋骨を折った程度でしたが、まあトシがトシなので、うちの近くの病院に入院させました」

春美さんは、秋穂さんが電話してきたのは多分病院からだったのだろうと想像した。じきに退院して、帰ってくるつもりだったのだろうと、何故か確信しつつ聞いた。

「じゃあ、もう退院はできたのですよね？　秋穂さん、いつこちらに戻られるのですか？」

娘さんは、首を横に振って答えた。

「いいえ、もうこちらの家には戻そうとは思っていません。常々、独り暮らしは心配だから施設に入るように勧めていたのですけど、母はご存知のように、何せ頑固者なもので。でも、今回こんなことになったのを機に、主人や妹夫婦とも話し合った結果、

病院からそのまま施設に入所させる手配をして、一昨日からそちらに移しました。今日は着替えを取りにきただけです。母は貴女のことを気にしていたから、お会いできて良かったです。そういうわけなので、本当に今までお世話になりました」

　春美さんは、体の力が一気に抜けるような気がした。秋穂さんの娘さんは、急いでいますので、と、すぐ車に乗って行ってしまった。春美さんは、呆然とその場に立ち尽くしていた。足下に何か当たったので見ると、クロがいた。春美さんは寂しく微笑んでクロを撫でて言った。

「クロ、あんたもあたしと一緒だね。こんなに突然置いてきぼりなんて、酷いよねえ、猫さんは」

　ナア〜オと、クロは合槌を打つように長く鳴いた。その日から、クロは春美さんの家の猫になった。

　秋穂さんという友が欠けた寂しさを、クロと庭に来る鳩たちに癒されながら、春美さんは淡々と日々を過ごしていった。ネットサーフィンも、前ほど面白いと思えなくなった。あと、やたらと独り言が増えた。この猫さん欠乏症は治るのかしら。どうしてこんなにつまらないんだろう。やっていることは変わらないのに、正直寂しい。口に出したくなかったのに、本当に寂しい。やあだ、あたしったら、結構無理していたのかもしれない。ダンナがいなくなってから、本当はずっと寂しかったんだ。ダンナとは最後の方は喧嘩ばかりだったけど、それでも側にいてくれる大事な人だった。後で浮気していたってわかって、綺麗な思い出に泥を塗られた気分だったけどね。そんな中、猫さんと知り合えて、本当に本当に嬉しかったのに、こんなに急にいなくなっちゃって、知り合う前よりもずっと寂しくなっちゃったじゃないの。これなら知り合わなければよかったよ。あたしだけじゃなくて、クロまで簡単に捨てちゃうなんて、無責任にも程があるでしょ。ひどいなんてもんじゃないよ。アホ、アンポンタン、冷酷女。自分だけ、ぬくぬくと施設暮らししてボケてしまえ！　ついつい虚しく罵倒するのだった。

それからまた二カ月近くが経った。春美さんの家の庭の梅が綻んで、春の始まりを馥郁《ふくいん》と告げ出したある朝だった。春美さんは、クロにキャットフードを与え、庭に小鳥の餌を撒いてから、すっかり習慣となった朝のウォーキングに出かけた。一時は気が抜けてしまって、もう止めようかと思った習慣だった。でも、秋穂さんなんかいなくても自分は平気と言い聞かせ、半ば意地で続けていた。習慣になると、悪天候で歩けなかった日などは体調が優れない気がするくらいで、やはり継続することが大切なのだなあと実感している。

大通りに出ると、始発のコミュニティバスが丁度走り去るところだった。停留所に、見慣れた小柄な姿を認めて、春美さんは息を呑んだ。あちらも春美さんに気がついて、ゆっくりと片手を頭上にあげて振りながら叫んだ。

「ほーい、鳩さあん。会いたかったよー」

猫さんだ、秋穂さんだ！　春美さんは、怒ったように言った。

「…猫さん、あんた…、なんでここにいるのよ！　施設に入ったんでしょうっ？」

やっとそれだけ言って、次の瞬間、秋穂さん目指して坂を駆け下った。

「危ないよ、転ぶ転ぶ！」

秋穂さんが叫んだ瞬間、脚がもつれて、春美さんは前のめりに倒れかけた。間一髪で、秋穂さんが腕を摑んで転倒を防いでくれた。セーターに食い込んだ爪が痛かったけれど、少しも苦にならなかった。猫さんが、猫さんが帰ってきたのだもの！

せっかちな性分の春美さんは、秋穂さんにもう一度施設のことを尋ねた。もしかしたら、これは一時帰宅というやつで、秋穂さんがすぐにまたいなくなってしまうかもしれないと思って不安だったのだ。すると、秋穂さんは、ケラケラと笑って言い放った。

「あんなとこ、さんざん問題行動を起こしてやって、おん出てきてやったわよ。スタッフの言うことは聞かない、勝手に脱走する、とにかく施設側には悪かったけど、アタシが納得づくで入った所じゃないし、一日も早く出たかったからね。娘達はもうカンカンで、今後アタシの面倒は看ないってさ。いつ面倒看てくれって頼んだのさって、そりゃもう大喧嘩」

春美さんは、その修羅場を想像して、ちょっと可笑しくなった。

「ええと、そりゃあ大変だったねえ」

「うん。でもまあ、スカッとしたわ。アタシは、完全にボケない限りは、自分の最期は自分で決めたいのよ」

春美さんも、「あたしもだよ」と頷いた。秋穂さんはやっぱり恰好いいと思いながら。

「まずはあたしの家でお茶でも飲もうよ。疲れたでしょ。荷物持ってあげる。そいで、落ち着いたら、これからの終活のことを、一緒にじっくり考えようよ。行こう、クロも待ってるよ」

秋穂さんの顔が、パッと明るくなった。

「クロのこと気になっていてさ、娘達に何度も言ったのに全然相手にしてくれなくて。

あんたが面倒みてくれてるだろうなあとは思っていたけど、良かった良かった。ありがとね」

春美さんは、この冬の間に、すっかり美食家になって太ってしまったクロを見たら、秋穂さんに絶対に叱られるだろうなあと思いつつ、荷物を持って歩き出した。

そう、今はまだ、こうして元気に歩いていける。これからもいろいろあるだろうけれど、まだ大丈夫だ。いつか訪れるその時までは、ずっと未来が続くのだから。

二人はゆっくりと、仲良く坂道を上っていった。

「第3回　更級日記千年紀文学賞」優秀賞受賞作品

ほな、な

あー、やっと帰ってきよった。待ちくたびれたで。

高志ぃ。急に飛び出してったきり、どこに行ってたねん。お母ちゃんが急に来たさかい、驚かしてもうたのは悪かったけど、放ったらかしはひどいやんか。

…ほらほら、何ぼうっと突っ立ってるねん。早く戸ぉ閉めてそこお座りや。あんた、顔色悪いなあ。ちゃんと食べとるんか？　今それどこやない？　なにをそないに大の男が狼狽《うろた》えてるんや。しっかりせんかい。

はあぁ、あんたはなあ、いつだって最後はお母ちゃんに泣きついてくるくせに、威勢だけはええんやから。昔っからそうやったわ。何やらせても、よく言えば鷹揚、悪く言えばとろい。いつも、あんたを保育園に迎えに行く時な、全然探す必要なかったんやで。何故かっちゅうたら、いっちばん最後にのそのそ教室から出てくるのがあんたと決まっとったからや。

給食のデザートのゼリーやバナナも、しょっちゅう取られては泣きべそかいてたなあ。親同伴の遠足でM山子供ランドに行った時も、子供プールの水たまりに、あかんて止めたのに調子づいて一人で入っていって、派手に転んでびしょ濡れになってくれたなあ。お母ちゃんも慣れたもんで、念のため着替えを持ってったからよかったものの、そうでなければ裸で遠足せなならんかったんやで。で、案の定風邪ひいて、おかげでお母ちゃん、三日も仕事を休まんとならんくて、主任さんに文句言われたんやった。危うくクビになるとこやったんやで。

ふふふ、ホンマに手のかかる子やったなあ。

でも正直言うとな、ほんまはお母ちゃんも、あんまりあの保育園は好きやなかった。あんたが行きたがらなかったのも無理ないとわかってた。だって、お絵かきの時間に、あんたにお父ちゃんがおらんてわかってるくせに、父の日が来るからお父さんの絵を描きましょう、なんていうんやもの。無神経な保育園やったわ。先生も依怙贔屓ばっかりや。こっちが子供を預けんことには仕事できひん、生きていけへん、ちゅう足下をみてからに、内心うちら母子を小馬鹿にしとったとしか思えへんわ。まあ、子育てを助けてもろうたこと自体は事実やったから、ええけどね。

高志、あんた泣いとるんか？　あんたはもう、小さい頃から泣き虫やったけど、いまだにすぐ泣くんやな。

そうそう、近所のマー君な、あの苛めっ子。今は道頓堀で相応のヤーサンになってるらしいけど、あの子によう苛められてたなあ。お母ちゃんが折角買うてやった玩具も、いつの間にかなくなっててマー君に貸したんやって言ってたけど、ほんまは取り上げられてたんやろ？　そんなあんたが、マー君があんたよりも小さいショウ君をどついたときには必死でむしゃぶりついていったことがあったなあ。結局負けたけど、ショウ君のお母ちゃんが、あんたのこと滅茶苦茶褒めてくれて、お母ちゃん、鼻が高かったで。

そうや。高志は泣き虫やけど弱虫やない。アタシの自慢の一人息子や。

あんたは親孝行な子やったなあ。覚えてるか？　あんた、小学一年生のときに、お母ちゃんに母の日のカーネーションを買うてくれたこと。あの頃、お母ちゃんは、働いていたお店が潰れてもうて、パートの掛け持ちで喰いつないどったさかい、あんたに小遣いもやれんかった。そしたらあんたは――あんたは、小さい手で一生懸命野っ原のヨモギを摘んだんやってな。籠にいっぱい摘んだところで、六歳の子供じゃタカがしれとるけど、あんた、それを横町のカド屋に持ってって、買うてくれ言うたそうやな。カド屋のおっちゃんがな、あとでお母ちゃんに教えてくれたわ。おっちゃん、これはお山のヨモギやさかい汚れておらんよ、草餅の材料にええでっちゅうて売りに来たって。ボン、小遣い稼ぎかて聞いたら、うん、これを売っておっちゃんに貰うたお金で、お母ちゃんに赤いカーネーションを買うたるんやて言ったってな。おっちゃん、それでじーんときて、あんたからヨモギを百円で買わしてもろたて言うとった。浪花節かいな。

それで、あんたはその百円で、上町のポピイでカーネーションを一本売ってもろて、お母ちゃんにくれはったんや。ホンマはカーネーションは百二十円やったけど、高志ちゃんが一生懸命稼いだお金だから特別にオマケしたったってな。これもあとでポピイの奥さんから聞いた話や。お母ちゃん、カド屋でもポピイでも、涙が出て止まらんかったわ。嬉しくて嬉しくて、自分は世界一幸せもんだと思ってなあ。だから、あんたには言うてなかったけど、あのカーネーションが枯れてしもうた後も、お母ちゃんは捨てられんかった。今も、家の和箪笥の引出しに押し花になってしまってあるんや。あれからも大変なことはいくらでもあったけど、その度にあのカーネーションの押し花を見て、しっかりせなならんて奮い立って生きてきたのや。

今の方が、綺麗なお店もいっぱいあるけれど、あの頃の方がええ時代やったなあ。カド屋は大福が美味いええ店やったけど、あの優しかったおっちゃんな、脳卒中で五年前に亡うなってしもうた。花屋のポピイも、だいぶ前にアイスクリーム屋になっとったわ。寂しいけれど、六歳だった高志が、もう三十のオジサンになっとるんやさかい、世間様が変わるのも無理ないわなあ。え？　三十違う？　まだ二十八やて？　そんなん、大した違いないやん。四捨五入したらおんなじやわ。

は？　おかんはオレのプレゼントなんか、いつだって大して喜んでくれんかったって？　何言うてるねん。そんなことあるかいな。可愛い一人息子がくれるもんやったら、お母ちゃん、たとえ糸くずかて嬉しいわ。

え？　バイト代を貯めてプレゼントしたプチダイヤのネックレスをケチョンケチョンにけなされたって？

そういえば、「こんな小さいダイヤ、ようあったなあ。若い子ならまだしも、アタシみたいなオバサンにはよう似合わんわ」てなことを言ったかもしれへん。悪かったなあ。あれはなあ、照れ隠しだったんやで。ちゃんと喜んでいつも身に着けていたやんか。カーネーションの押し花と一緒に、あれもちゃんと引出しにしまってあるよ。

そうかい、あんたはそないに傷ついていたんやね。ほんまごめんなあ。お母ちゃん、ほんまに口が悪いからなあ。アタシみたいにガサツな女から産まれた割に、なんであんたはそないにデリケートに育ったんやろなあ。でも、母子の間でも、言ってよいことと悪いことはあるもんな。お母ちゃんはずっとあんたに甘えてしもうて、心無いことをずいぶんと言ってきたのやな。ごめんな。堪忍してな。あんたはいつもお母ちゃんの生き甲斐やったのに、お母ちゃん、そういうのを伝えるのが滅茶苦茶下手やねん。そんなだから、あんたのお父ちゃんとも上手くいかなかったのかもしれんなあ。

でも離婚したことは後悔してへんよ。アタシ一人ならともかく、生まれたばっかりの子供まで捨てて別の女のところに行っちまったクズ男なんか、もう顔も忘れたわ。だから幸せだろうと不幸だろうと、どうでもええわ。泣いたときもあったけど、お母ちゃんはあんたがいたから幸せだった。ほんまやよ。ありがとうな。

でもな、お母ちゃんはあんたがおればええけど、あんたはお母ちゃんがおればええっちゅうわけにはいかん。あんたには絶対に幸せになってほしいのや。結婚して、ちゃんとあったかい家庭を作って、可愛い子供を育てて、世界一幸せになって欲しいのや。それだけがアタシの願いなんや。

この話をすると、あんたは怒るけど、結婚してくれそうな彼女はおらんの？　あんたが気に入った娘さんなら、絶対に嫁いびりなんかせんよ。あんたと所帯もって、あんたの子を産んでくれる娘さんなら、神棚に上げて拝んでもええくらいに思うてるよ。

は？　高校の時に女の子を家に呼んだら、アタシの態度が超悪くてフラれたことがある？　あー、そやったかいなあ。だってあの小娘ときたら、アタシを見てもロクに挨拶もせんかったやん。アタシのことを「小母さん」やのうて「オバハン」て呼んだんよ。いやいや、聞き間違いやないて。最初からケンカ売ってきたんやから、こっちも買うてやったまでのことや。

何を溜め息ついてるんや、高志。なあ高志、あんたはこんなお母ちゃんのことを好きでいてくれたか？　小さい頃はカーネーションくれたり、お母ちゃんが疲れて帰ってきた日は皿洗いしてくれたり、ほんまにええ子やったけど、一時荒れたこともあったなあ。そうや、例のマー坊がいっぱしの不良になってしもうて、あの子に誘われてあんたも暴走族いうんか、バイト代で中古バイクなんぞ買うて毎晩乗り回していたわなあ。お母ちゃん、文句を言うのを必死で我慢していたんやで。あんたは根は優しい良い子やから、無理に不良ぶるのはいずれ飽きるやろうと思っとった。だからバイクを乗り回すこと自体は仕方ないと思っとったけど、警察に追われて事故らないかとか、マー坊以上に悪い奴らに誘われて、どんどん深みにはまっていかんやろうかとか、あの頃は毎日悩みに悩んどったなあ。明け方あんたが無事に帰ってくるのを見るまでは、まんじりともできずに夜明かししとったわ。正直、他人様に迷惑をかけてはあかんなんて気持ちは、あんまりなかったなあ。あんたの心配ばかりで頭がいっぱいだった。我ながら自分勝手だったと思うわ。

　まあ、そやな。結婚だのなんだの言うてても、とどのつまりはあんたが無事に生きていてくれたら、それが一番の親孝行や。いつだって、高志は世界一可愛いアタシの子供で、世界で一番大事な宝物やった。あんたが幸せなら、アタシが生きてきた甲斐がある。

……高志、何を泣いとるのや。

……そうやな、実はお母ちゃんも泣きたい気分でいるんや。あんたを抱きしめてやりたくても、それすらできんようになってしもうたもんな。

じきに行かなならんようやし…。

いつかはサイナラ言わなならん日が来るとわかっとったけど、こない突然とは思うてへんかった。人生何が起きるか、ホンマわからんなあ。

うん、時間もないようやから、ちゃんと説明せなあかんな。あのな、お母ちゃん、こないだ病院に行ったんや。医者嫌いやから、調子が悪いのを騙し騙し過ごしてきたのやけどな、いつまで経っても良くならんのよ。まあトシのせいやろと軽く考えていたのやけど、なんとなんと、すい臓癌の末期やて。ホンマ、ショックでガーンやわ。癌だけに。…突っ込まんかいな。なんでやねん！　てさ。

そいでどうしてもあんたの顔が見たくなって、急に来てしもうたんや。驚かせてごめんなあ。そうそう、そこに転がっているお母ちゃんのカバンの中に、包みがあるやろ。それな、あんたの好きな自家製のくぎ煮やで。こっちでも佃煮くらい買えるやろけど、あんたは昔からお母ちゃんのくぎ煮が大好物やったもんな。たんと作って持ってきたから、好きなだけお食べ。ビールのつまみにぴったりやで。

…だけど、ああもう、それも作ってやれんのやなあ。

認めたくないんやけど、お母ちゃん、どうやら死んでしもうたらしいな。そこに長々とのびている自分を見るのはおかしな感覚や。さっきから、ずーっと早く来い来いって、誰かに呼ばれとるのやけど、あんたにもう一目逢うてから行こ思て、頑張っとったんや。そうそう、呼ばれるで思い出したけど、あんたが小学校に入学した年に、奮発してハワイ旅行に行ったことがあったなあ。あんときもよう呼ばれたなあ。あんたは、生まれて初めての外国旅行に大興奮で、バスの集合時間になるってえと、急に「オシッコ」とか言いだすし、挙げ句の果てには迷子になるし、お母ちゃんはしょっちゅうガイドさんに叱られたり、他のお客さんに睨まれたりして。はは、楽しかったなあ、あれは。

……呼んどるなあ。そろそろ行かんと、また叱られそうや。さすがに限界やわ。

ほら、体が透けてきとるもの。

高志、ええ子や。泣いたらあかん。お母ちゃんがそそっかしいのはよう知っとるやろ。お母ちゃんは、あんたの部屋を訪ねてきて、自分で勝手にこけて死んだんやで。自業自得だったんや。むしろ癌で苦しんで死ぬより、結果オーライやないか。そや、良かったんやで。ちっともあんたのこと、恨んどらんのやで。

だけど、こんな形で死んだら、警察に検死とかされるんやろなあ。あんた、いろいろ聞かれるやろうけど、余計なことを言ったらあかんで。お母ちゃんは合鍵で勝手に入ってきて、あんたが帰って来る前に、勝手にこけて死んだんやで？

ええな。ええな！

ほな、本当にもう行かなならん。高志、泣くなて。ホンマ図体ばかりでかくなっても、泣き虫なのは治らんなあ。元気で暮らすんやで。ええ子、ええ子やな。

そうや、お母ちゃん、あんたの子供か孫に生まれ変わりたいなあ。あはは、ま、そないに都合よくはいかんやろけど。

………ほな、逝かななならん。

高志、泣くなて。な？　な？

ほな、な。

ほな、なⅡ

いやあ、ホンマに参ったで。この保科正光、切った張ったの世界で生きてきて、困難は数多あったれど、今回のが何と言っても一番や。

今日も今日とて、家に帰りたくないばかりに、ミナミの場末の酒場で飲みたくもないチューハイを飲み、侍らしたくもない厚化粧の女を侍らしながら、ワイは時間を潰していた。もうじき店は看板になる。さすがにこれ以上粘るのは無理やろうと、ようやく重い腰を上げて、ワイはぼそっと呟いた。

「あのオバハン、今日こそおらんくなっとってくれんかなあ」

ワイは、今でこそ大阪の新世界界隈では、ちょいと幅を効かせている金棒組の若頭の右腕として、裏街道を歩いておるけどな、昔は超がつく真面目なええ子やった。それが、中学二年の時のお袋の失踪を境として、グレ始めたのが運のつき。親父と後妻に反抗して家を飛び出してからは、あっちフラフラこっちフラフラ。暴走族や半グレ族を経て、金棒組にスカウトされて今に至った。自分で言うのもなんやけど、グレる前は成績かて良かったさかい、金がかかる医者とかは無理でも、それなりに頑張れば、弁護士とか税理士とか、いわゆる先生業に就いて世間様のお役に立っとったはずなのに、気付いてみたらヤー公かいな。まあ、それでも金には不自由しとらんし、自分は弁護士になれへんかったけど、サツや弁護士の知り合いはぎょうさん出来たわ。

ワイはな、親のせいで人生狂ったと思うとる。いや、もちろん毒親の支配する家庭でも、ちゃあんと花咲く人間もおるよ。そういう人間には頭が下がるわ。ワイかてもう少し辛抱強かったら、胸を張って表の道を行く人生を歩んでおったかもしれんけど、そんでもあの当時中学生だったワイは、あんなクソみたいな家、我慢しきれんかったんや。ワイは普通の家庭が欲しかった。普通の基準はよう知らんけど、ワイは、親にものすごく愛されている子供になりたかった。ワイを産んでくれたおかんは、ドクズの親父に追い出されたんや。その後に来た後妻は、ワイのことを嫌っとって、下手したら保険金をかけられて殺られかねんて思った。ワイのすること為すこと、いちいちケチつけおって、ワイは自分の精神を守るためにも、家を出るしかなかったんや。

なんでこんなこと言い出したか言うと、子供時代を思い出してん。子供時代にな、おかんに滅茶可愛がられとる幼馴染がおってん。ワイより二つ年下で、いうたら舎弟みたいなもんや。ワイんちをはじめとして、裕福なんて言葉とは無縁の地域やったから、そいつの家も、すこぶる貧乏やった。そいつの家は母子家庭で、おばちゃんが一人でそいつ、高志を育てとった。猫可愛がり、舐めるように大事に大事に育てておったわ。どんな時でも高志ファーストで、高志さえ無事だったら世界なんかどうでもええっちゅう感じやった。一応ワイは高志にとっては大事な兄貴分やったから、腹を空かせているとしょっちゅう、「まあ君、ほれ」って、握り飯を喰わしてくれたり、駄菓子をくれて、「あのな、みんなと遊ぶときには、高志に危ないことさせんようにしてな。あんたが頼りやさかいな」と、子供らの親分格のワイを懐柔しようとしとった。自分とこの子ォさえよければ、あとはどうでもええちゅうのは、どこの親かてそうなんやろうけど、おばちゃんは、それが飛びぬけて露骨やった。教養がないおばちゃんだから仕方なかったんやろな。ワイはそんなおばちゃんをどうかと思っとったけど、こんな風に無条件に親から可愛がられてる高志のことが羨ましかった。高志自身は、そんな母親のことを、ワイに愚痴ることもあったけどな。

高志が三流大学に進んだ頃には、ワイはもうカタギじゃなくなってて、おばちゃんとも高志とも、このまま一生会うこともないはずやった。高志が会社員になった時に、一度ワイに会いたいって連絡が来たけど、ヤクザのワイと会社員の高志は、お互いそれぞれの人生を歩んでいくべきと思ったから無視したった。だから、一年前、TVのニュースで、「容疑者・大隅高志（二十六歳）」というテロップと共に、無精ひげを生やして項垂れた高志の映像を見たときは、ホンマにびっくりしたわ。お上にお縄になってTVに出るなら、絶対に高志よりもワイの方だと思うとったさかいに。

罪状にまた驚いた。なんと高志のヤツ、あんなに可愛がってくれたおばちゃんを、自分のおかんを殺したっちゅうんやもん。信じられんかった。なのに不思議と頭の片隅で、ああやっぱりなあと思う自分もおったんや。なんでやろなあ。

やがて警察が、ワイのところまでやってきて、高志の子供時代のこととか、色々聞いていった。高志は、あっさりと、おばちゃんを突き飛ばして殺してしもうたことをゲロッたみたいで、おばちゃんの死は、不幸な事故で片付きそうだったのに、高志がすぐに救急車を呼ばんと、しばらくぼんやり座り込んどったもんやから、殺意があったのではないかと疑われてしもうた。そういうところが高志らしいとワイは思った。あいつは昔から要領が悪いっちゅうか、地頭は悪くないのに、やることなすこと裏目裏目に出てしまう、そういう残念なヤツやった。おばちゃんは、高志の暮らすボロアパートを訪ねてきて、いつものお節介と干渉がましい説教を、愛の名の下に垂れていたところを、高志が衝動的に突き飛ばしたんやて。そんでおばちゃんは、運悪く下駄箱の角に頭をぶつけて死んでしもうた。それが真相なんやて。運が悪かったんや。

と、まだその時は、ワイは第三者の気楽な立場でそう思っていられた。おばちゃん可哀想になあ、高志どないなるんやろなあ……。なんぞ力になってやれんやろうか。等々、オンザロック片手にＴＶを見ながら、他人事めいた感想を口にしていれば良かったんや。

ワイに厄災が降りかかってきたのは、あのくぎ煮を喰った日からやった。そしてそれは、高志が逮捕されてから、拘留され、起訴され、執行猶予付きの判決が出た今日に至るまで、まだ続いている……。

丁度一年前になるやろか。高志の逮捕のニュースを見たワイは、すぐに組の弁護士に手配してもろうて、あいつが収容されている拘留所に面会に行った。高志には、おばちゃん以外に身内はいない。あいつはメンタルが弱いのに、誰も様子を見に行ってくれるような人間はおらんから、なんとなく心配で様子を見に行ったんやった。

面会室のガラス越しに、いつも以上に無気力な顔の高志は、ワイに向かって力なく微笑んだ。会わなくなってから十年以上経つのに、印象が全然変わっとらんかった。

ワイは、辛気臭さを吹き飛ばそうと、わざと快活に話しかけたった。

「おう、大変やったなあ。相変わらずお前は間の悪いやっちゃなあ。おばちゃんのことやから、きっとお前のことを恨んではおらんやろう。不幸な事故やったんや」

すると、高志は、「まあ君、頼みがあるんだけど」と、切り出した。

「くぎ煮を処分してほしいんだけど」

おばちゃんが持ってきてくれたくぎ煮が、冷蔵庫に入っとる。まだ食えるはずやから食ってくれ。おかんの気持ちを無駄にしたくない、だと。ホンマ、わけわからん。

ワイは、自腹を切って、高志に弁護士をつける手配をしてやった。国選でもええけど、なにしろ一応殺人容疑がかかっとったから、金はかかっても、腕利きの弁護士をつけてやりたかったんや。そんでその弁護士と一緒に、警察の許可を得た上で、高志のアパートに行ったんや。ホンマなら、事件現場にある物は証拠品扱いとなって、勝手にどうこうできんらしいんやけど、冷蔵庫の中のタッパー一つくらいならＯＫとなったんや。もう鑑識が嫌というほど部屋中を調べ上げて、くぎ煮も普通のただのくぎ煮とわかっとったからな。だから、ワイはそいつを部屋に持ちかえって、ビールのつまみに食ってやった。まさしくおばちゃんお手製の、塩分過多の真っ黒なくぎ煮やった。

すると、それを口にした瞬間――――。ワイの部屋にアレが現れよったんや……。

あー、そんなこんなを考えている間に、もうワイの部屋の前まで来てしもうた。恐る恐る部屋のドアを開けて中に入ると……。

おる。おったわ。まだおばちゃんが居座っとった。紛れもないユーテキや。そいつが能天気な声で言った。

「やっと帰ってきよった。まあ君、遅いやないの。ヤーサンて、そないに忙しいんかいな」

ワイは、大きなため息をついてからすぐに怒鳴った。

「じゃかあしいわい！　オバハンまだおったんかい。ずうっと若い男の部屋に入り浸りおってからに。いい加減どっかに行かんかい」

高志の母親イコールおばちゃんの幽霊は、肩をすくめてしょげるフリをした。

「そやかて、行くとこなんかあらへんもん」

「成仏したったらええやろ！　自分、もう死んどるってことくらいわかってんのやろ！」

「いけずやなあ、まあ君は。昔は悪ぶってても、もっと優しい子やったのに」

「あのなあ、成仏せんとしても、なんでいつまでもオレのとこにおんのや。可愛い高志のとこに行けばええやんか」

「……」

理由はわかっている。もちろんおばちゃんは、可愛い高志の所に真っ先に行ったんや。しかし、肝心の高志には、おばちゃんの姿を見ることはできなかったらしい。死んだ直後も、高志相手にいろいろと喋ったらしかったが、あいつはただ呆然としていたっちゅうから、悲しかったんやて。一旦は成仏しようと思うたそうやが、どうしても高志のその後が気になって、ふわふわ浮遊霊になってしもうたんやて。

それが何故ワイには見えるし聞こえるのやろう？　あのくぎ煮を食っていたら、突然空中におばちゃんが現れて、「後生や、まあ君。高志を助けたってえな」と、ワイにすがってきたものやから、ビールを噴き出してえろうむせて、危うく窒息するところやったわ。まあ、ワイも数々の修羅場を潜ってきたさかい、幽霊とはいえ、オバハン一人にビクついとったら男が廃る。

最初におばちゃんの幽霊と会うた日に、ワイはできるだけ冷静に訊いたんや。

「おばちゃん、あんた俺に何をさせたいんや。言われんでも、高志にはええ弁護士をつけたったし、有罪は免れんでも起訴猶予はつくやろし、これ以上期待されても困るで」

するとおばちゃんは、「まあ君には感謝しとるで。そやけど高志はああいう柔な子やろ？　拘留やら裁判やらで苛められて、精神的に病んでしまわないか、あたしは心配でたまらんのよ。あんた、あの子が釈放されて、ちゃんとやっていけるようになるまで、あの子の後見人になってくれへん？」なんて、図々しくも頼んできやがった。断わったら祟るとまで言いおった。まさに母親のエゴ丸出しの鬼子母神やんか。

　だからワイは、その日から高志の身内でもないのに、裁判にもずっとつき合うてきた。その甲斐あってか、おばちゃんの死は不幸な事故として扱われ、高志に下った懲役五年の判決には、ちゃんと執行猶予三年がついた。釈放後は、ワイはあいつのアパートや就職先まで世話してやったのやで。親兄弟でもこれまでやろうに。

　それなのに！　このオバハンは、それでも成仏する気配が全然なかった。すっかりワイの部屋に居ついてしもうて、幽霊ライフを満喫しとるねん。これではワイは、女を連れこむこともできひん。ワイのプライベートは蹂躙されまくっとんねん。

「なあ、成仏してくれんかな？」

「い・や・や。まだまだ高志のことが心配やもん。もう少しだけ待ってんか」

　その繰り返しなのだった。

　まあ、正直おばちゃんが心配するのはわからんでもない。高志はアカンもんな。何というか、ええヤツなんやけど覇気がない。箸にも棒にもかからん。何をやらせても他人事みたいな顔をして、ワイが斡旋したった仕事も、結局どれも長続きせえへんかった。

「すまんなあ、保科さん。折角紹介して貰った若い衆だけど、いつまで経ってもやる気がないのがバレバレでねえ。無断欠勤も多いし、辞めて貰ってもいいかな？」

そういう風に言われたら、ワイかてダメとは言えん。そしてクビを言い渡される度に、高志のヤツは、「ごめん、まあ君。まあ君の顔を潰しちゃって。でも俺にはあの仕事は向いていなくて…」と、涙を流さんばかりにワイに詫びるのや。その横で、高志の肩に手を置いて、おばちゃんがワイに懇願する。「ごめんなあ、まあ君。申し訳ないとは思うけど、もうちょっとこの子に合うた仕事を紹介したってんか」と。

母子揃ってええ加減にせえよ。菓子折り持ってそこら中に詫びに行くヤクザなんて、みっともないことこの上ないわ。舎弟らに見られたらメンツ丸潰れやないかい。

とはいえ、いくら腹が立っても、幽霊相手に何もできることはなかった。暴力が通じる相手やないし、口ではもっと勝ち目がないねん。つまりは、お手上げや。

その日、ワイは、またもや職を失った高志に喝を入れるべく、奴を居酒屋に呼び出した。

ワイに迷惑をかけとる自覚がないんやろか、高志は十五分も遅れてやってきた。くたびれたポロシャツを着て、整った顔立ちなのに、常に薄く自嘲気味な笑みを浮かべているこいつからは、どこか自分の人生を投げているみたいな印象を受ける。誰が見ても、人畜無害の優男に見える。過失とはいえ殺人犯だなんて、誰も想像できひんやろう。

「まあ君、ごめん。また面倒かけちゃって」

「……まあ、ええよ。お前の就職口くらい、まだアテはあるさかい。俺が口きけば一発や。そやけどなあ、そろそろ本気で働きいや。早うせんと、堅気の世界に戻れなくなるよって」

　すると、高志はワイを上目遣いで見つつ、とんでもないことを言い出した。

「あのさ、まあ君の下働きとして、俺を事務所で雇ってくれるってのはどうかな？」

　ワイは即答した。「アホ、却下や」

　こいつは、やっぱりダメなやっちゃ。誰かにお膳立てされる癖がついとる。おばちゃんが、心配で成仏できないのも尤もやなあ。

「ヤクザ絡みはあかん。お前に一番似合わん仕事や。そのうちに鉄砲玉にされて、道頓堀に浮かぶのがオチや。下らんことゆうとらんと、まあ、とりあえず飲め飲め」

　ワイは高志にビールを勧めた。高志は喜んで美味そうにそれを飲み干す。高志の頭上では、おばちゃんの幽霊が、居酒屋独特の酒臭い猥雑な空気をさも美味そうに吸い込みながら、愛おしそうに高志を見つめている。仏さんは匂いを食べるって本当なんやなあと、ワイは一つ勉強をした気分であった。

　ワイは、高志に聞いてみた。

「それとな、そろそろおばちゃんの一周忌やろ。お前の外に身内もおらんさかい、俺とお前で飲み食いして偲んでやればええと思うんやけど、寺へのお布施とか、読経の依頼とか、お前はちゃんと手配できるか？」

高志は、キョトンとして、「そんなの、いらんよ」と、あっさり答えた。

「いらんてお前、法事ちゅうのは供養やで。あの世で亡者は、法事の度に裁判を受けるんやて。そんで、法要は、遺族からの取り成しや。こんなに慕われとったエエ人やさかい、どうかキツい裁きは下さんでほしいっちゅう」

実際には、おばちゃんは、裁判以前にまだあの世に行ってさえないのやから、せめて遺族の誠意だけでも示して、あの世のエンマ様の心証を良うしとかなあかんやろ。と思うワイの気持ちを無視して、高志はサエズリを咀嚼しいしい、再び「いらんて」と繰り返した。

「だってまあ君、俺、おかんのこと恨んでいたんだぜ。今の心境は、ようやく解放されたって感じかな。そんな俺が供養なんかしても意味ないだろ？　流石に欺瞞じゃん」

え？　と、ワイは空中のおばちゃんを仰ぎ見たが、おばちゃんの表情はヤキトリの煙に隠れて読めなかった。ふうわふうわと、高志の真上で漂っているばかりで……。

そんなことも知らん高志は、嬉しそうに続けて言った。

「もう、あれしいこれしいっていうおかんはやっといなくなってくれたし、俺はこれから、まあ君みたいに好きなように生きていくんだ。俺の人生はこれから始まるのさ。おかんにアカンて言われたことを、思い切りやってやろうって思っているんだよ」

『……』

ワイは、ふと心に浮かんだ疑問を小声で訊いてみた。

「あのなあ、まさか…まさかとは思うけど、お前、おばちゃんを突き飛ばした時、殺意あったんか?」

高志は、にかあと笑い、しばらく首を傾げてから、ワイの問いに答えた。

「いや、俺はおかんのこと好きだったよ。鬱陶しかったのは確かだけれど、積極的に死んでほしいと思ったことはない。小さな殺意を抱かない日はなかったかも。正直、おかんを突き飛ばしたときは、殺意はあったかどうかわからないんだ。苦労して俺を育ててくれた大事な母親じゃないか。だけど一方で、出来れば俺の手を汚さずに死んでほしかった。気がつけば手が出ていた。だけど、
おかんは癌の末期だったって、後で弁護士から聞いた。だから俺に会いにきたんだな。俺のことなんか放っといて、大人しく入院してればよかったんだよ。とにかく、

こんな息子で、ただただ、おかんには申し訳ないと思うばかりだよ」

ワイは、高志にもおばちゃんにも、かける言葉が見つからず、ひたすら手酌で酒を飲み続けるしかなかった。おばちゃんが漂っている方に目をやることができなかった。高志の気持ちもわからんでもないけど、手塩にかけて育てた息子がこんなものだなんて、おばちゃん、報われないよなあ。なんだかワイは、腹が立ってきた。そんなワイの様子にも気づかず、高志はよく飲んでよく食って、

「俺は好きなように生きていくんだ。それがおかんへの供養だと思う」と、何度も繰り返すのだった。

おばちゃんは、いつのまにかいなくなっていた。

ワイが部屋に帰ると、いつものように過度に陽気に出迎えるでもなく、おばちゃんは静かに空中に浮かんでいた。背中を丸めて、ワイを見ても何も言わなかった。

「ただいま」と声をかけると、「情けないなあ」と、ぽつりと言った。

「ほんま情けない。あんなに必死に育てたのに。可愛くて大事で、うちの全てやったのに。あの子がちゃんと生きていけるように、幸せになるようにって。うちは今日まででどんだけ…。ほんまにどんだけ…」

やっぱりおばちゃんは、相当落ち込んでいた。ワイはそんなおばちゃんを哀れであ

り、かつ愚かであると思った。

　だから、つい反論してもうた。

「何嘆いとるねん。あの頼りない高志が、おかんなしで生きていくっちゅうとるんや。我が子の自立をなんで喜べんのや。本人が、これから好きなように生きるゆうて、前向きになっとるんやから、おばちゃんの望んどったとおりになってるやないか」

「そやかて、あの子の好きなことって、ろくでもないことなんちゃう？」

　なんちゅう親や。はなから子供を信じておらんのやな。ワイは腹が立ってきた。

「高志のやりたいことと、おばちゃんのやらせたいことが違うのは、当たり前のことやろ。あんたは、あいつをあんたの価値観で誘導して支配してきたのや。あいつは、あんたの意に沿うことばかり考えて、いつもあんたの顔色を窺って、その結果、自分では何も決められないふやけた男になったんや。あんたは、あいつにしっかりせえやっちゅうとったけどな、本当は、あいつがしっかりしてあんたの手を離れるのを恐れとったんや。

　あんたの愛は束縛や。支配や。高志はそれに気づいとったから、自分はおかんに愛されとる、おかん大好きやって思うとるつもりでおっても、どこかで何か違うとわかっとったんや。おかん大好きなのに、大嫌いっちゅう、矛盾した思いを抱えて生きてきたんや」

おばちゃんは、ギロッと、ワイを睨んだ。滅茶苦茶凄みのある怖い顔だった。さすが腐っても幽霊やん。

おばちゃんは、本心を言い切った。

「まあ君、あんたの能書きなんかどうでもええわ。うちは、ただずうっとあの子の側で、あの子を見守っていたいだけなんや」

ああ、こりゃ駄目だとワイは思った。悪霊になりかけとるわ。このままじゃホンマに地縛霊になってしまう。ワイはおばちゃんが好きなんや。そのおばちゃんに、悪霊なんかになって欲しくなかった。

「なあおばちゃん、高志のことをホンマに愛しているなら、もう潮時やで。確かに高志は危なっかしいけど、いい加減に手ぇ放しいや。親は永久に子供の面倒を見られるものじゃないんや。だから成仏してくれや」

ワイの本心からの願いは、だけど届きはせんのやった。

「なんでそんな、いけずを言うの？　あんたが小さい頃、腹を空かせてうちに来ると、いつも握り飯を食わせてやったやないの。この恩知らず」

そんな昔のことまで言い出した。

「いけずのお返しに教えたるわ。あんたを産んだ本当の母親の容子さんはな、あんたは父親に追い出された可哀想なお母ちゃんやと思うてるらしいけど、ホンマは若い男と浮気して自分で出て行った尻軽や。小さかったあんたよりも、浮気相手を選んだ酷い母親やってん。そいで、あんたが嫌うてた後妻の辰子さんは、あんたが問題起こす度に、亭主にも黙って一生懸命後始末をしたり、うちとこにも、いつも正光がお世話になりますって、お裾分けしてくれたり、ええお母ちゃんやった。見てくれは容子さんが上やったけど、人間は辰子さんがずっと上やった。あんたはなんも知らんと、自分を捨てた母親を慕って、辰子さんを鬼婆呼ばわりしとったんや。そんなアホなあんたが、うちに知った風な口をきくなや。ボケナスが！」

「はああ？」

ワイは、本当に本当に頭にきた。ひとが心配してやっているのに、このオバハンは、ワイの作った綺麗なストーリーを踏みつけおった。この世にはなあ、嘘とわかっとっても、縋りたいストーリーもあるねん。ワイが高志のことでおばちゃんを非難したことへの意趣返しがこれかい。

「…そうか。そんなら好きにすればええわ」

ため息と共にそう呟くと、ワイは、おばちゃんに見せつけるように、スマートフォンを取り出して番号を押した。数回のコールの後、大きな声で話し出す。

「もしもし、兄貴ですか。マサですわ。あー、こないだ頼まれた件ですけど、丁度良い鉄砲玉のアテがありますわ。ええ、俺の舎弟みたいなやつで、俺の言うことなら何でもやりますって。大丈夫、どこの組織にも属してません。まったくのトウシローです。上手く言いくるめますよって、任せて下さい。いやいや、もし殺られてもうても、うちに足がつくことはないですから。はいはい、わかりました。んじゃ、そういうことで」

電話を終了した。

おばちゃんが、ワイを覗き込んで心配そうに尋ねた。

「ちょっと、今のは何の話や。鉄砲玉ってなにやらヤバそうな話やんか」

「幽霊には関係ない話や。放っといてえな」

「そうはいかん。なあ、まあ君、あんたまさか、高志に危ないことやらせようていうんじゃないわなあ？」

「危なくないことはない、かなあ。いやね、うちと反目しとる組織がこの頃調子こいてるって兄貴がお怒りでね。それで遊び兼嫌がらせで、そこの若頭に一発お見舞いしたろっちゅうことになって、その特攻役を探すよう頼まれとったんや。いや、チャカで撃ち殺すとかやないで。頭の軽い素人のあんちゃんの振りをして、硬式ボールの一つも顔面にヒットさせられたら上出来なんや。捕まったかて、殺されることはあらへん。多分」

「はあ？　ふざけんといて！」

おばちゃんは、血相を変えてワイに摑みかかった。しかし悲しいかな、その拳はワイの体を素通りして、ワイに傷一つつけることはできなかった。

ワイは、勝ち誇って言うたった。

「俺は高志に、この仕事のことを少し脚色して話す。全然リスクなんかない、ただのおふざけみたいな風に吹き込むつもりや。そしたら高志は喜んで引き受けるやろうな。あいつは、ホンマ信じやすい奴やさかい。上手くいったら事務所で使うたる言うたら、ほいほい乗ってくるやろう。そいで、あんな要領の悪い奴のこっちゃから、逃げそびれてボコられるか、…もしかしたら殺されるかもしれん。

だけどそうなったらなったで、ええやん。おばちゃんのためにもな」

「なんでやねん。なにがうちのためやねん」

ワイは、精一杯あくどい表情を作って、クールに言い切った。

「そうなったら、息子と一緒に、仲良く成仏すればええだけの話やろ。おばちゃんのお望みどおり、ずうっと息子と一緒にいられるやん。な?」

おばちゃんは、わなわなと震えて、首を激しく横に振った。

「いやや。まあ君は、よくもそんな酷いことが言えるな。うちは、高志に死んでほしいなんて思ったことはないで。あの子がうちのことをどう思っておったって、うちはあの子に幸せに生きてほしいんや。なあ、頼むわまあ君。何でも言うこと聞くさかい、高志に鉄砲玉なんて役を振るのは止めてえな」

はあい、言質取ったでえ。

「何でもするんやな?」

「うん。止めてくれるんなら、何でもしたる」

「ほな、成仏しいや」

「………」

結構長い沈黙のあと、おばちゃんは、こくりと頷いた。

「そうやな。あんたの言う通り、潮時なんやろうな。わかってはいたんやけど…」

おばちゃんは、高志の親だけあって、優しいけど不器用で頑固者で、あの世に行くタイミングがわからんくなっとったんやとワイにはわかっておった。引き時や加減を知らん愛情は、自分にも相手にも不幸なだけや。

「ほな逝くわ。まあ君にはずいぶんと世話になってしもたな。ホンマおおきに」

「それでええねん。高志のことやったら心配いらんで。俺なりに面倒は見てやるさかいな。ヤクザにはさせんし、鉄砲玉にもせんようにする」

「でも、あんた、組での立場が……」

「どうとでもなるよ。兄貴からどうしてもって言われたら、俺が高志の代わりになったる。なあに、握り飯の礼や」

「まあ君……」

ほれ、もう逝きやと、ワイはおばちゃんを促した。おばちゃんは、何度も何度もワイにお辞儀をして、だんだんとうすくなり、やがて完全に消え失せた。

「どうやら、完全に逝ったようやな」

ワイはようやく、ふうーっと、溜めていた息を吐き出した。あんなに執着しとったから、高志の顔をもう一度見てから逝くとでも言うかと思うとったが、案外あっけなくおばちゃんは成仏していった。それでええんや。そんなに思い詰めんでも、嫌でもワイも高志も、そのうちにはおばちゃんと同じ処にいくんやさかい。ほなさいならって感じで、軽く逝ったらええねん。

ちなみに、あの電話は真っ赤な嘘や。電話の向こうに兄貴なんかおらん。ワイの演技も大したもんやろ。高志の面倒を見るて？　冗談言ったらあかんよ。あいつかて、一応は大の男や。世話を焼いたら、高志自身のためにならんで。まあ、あいつがワイを怒らせたりしない限りは、それなりに見守ってはやるつもりやけどな。

もう一度、大きく息を吐きながら、ワイは空中に何もない部屋を見渡した。なんか急に広うなってしもて、寂しいやんかと思うのやった。

おかんて、ええもんやなあ。うっとうしくて、度し難い生きもんやけど、有難いもんや。

ワイは小さく呟いた。

「ほな、な」

夢の景色

ついこの間まで生温かかった空気が、なんだか固くなってきたように感じる。トーリはそんな風に、時が過ぎていくのを感じながら生きてきた。オモダカが咲きだしたら、やたらと暑い時間が続いて、トーリの家の入口がカピカピに乾いたけれど、ここ数日はそうでもなくなった。暑いのも、もうすぐ終わりそうだとトーリは思った。去年は、初めての体験だったから、あんまり暑くてこの世界が溶け出すのではないかと心配したものだったけれど、今年は二度目だったから落ち着いていられた。これは「夏」と呼ばれる時間の塊で、じっと我慢していれば、そのうちに「秋」という時間の塊がやってくるのだ。その次は「冬」で、そのまた次は大好きな「春」になる。トーリには、もうちゃんとわかっていた。

　空気の中に、ピンと堅い粒が現れ始めたから、今はもう「秋」になったらしかった。向こうに横たわる森に目をやれば、木の葉が赤く色づき始めていた。カラスウリがぶら下がっている木もあった。そういえば、ミズオオバコに覆われた我が家を出ると、水辺まで、いつの間にかシラヒゲソウが咲いているのに気がついた。これも秋に咲く花なのだと、去年爺ちゃんに教わったのだった。花の名前に限らず、爺ちゃんはこの世界のいろいろなことを、トーリに教えてくれるのだ。爺ちゃんは、トーリが想像できないくらい年寄りで、そして世界一の物知りだった。最初のうちは怖くて近寄れなかったけれど、腹を空かしていない時なら、爺ちゃんは誰よりも優しいということをトーリは知っていた。トーリに名前をつけてくれたのも爺ちゃんだった。「お前はトーリの端くれだから、トーリでよかろう」と言って、その日から名無しのトリはトーリになった。

今日もトーリの足は、自然と爺ちゃんの居場所に向かっていた。余程のことがない限り、爺ちゃんはいつも同じ場所でじっとしているから、見つけるのは簡単だった。ほとんど岩と同化している爺ちゃんは、ほぼ一日中日向ぼっこをして時を過ごしていた。

トーリは、一応少し離れた所から声をかけた。

「こんにちは、爺ちゃん。トーリが来たよ。今、腹は減っていない？」

爺ちゃんは、薄目を開けてトーリを見た。

「ああ、トリ小僧のトーリか。大丈夫、減ってはおらんよ。さっき藻草を食ろうたでな。もうこのトシになると、腹がもたれるで、肉はよう食わんのだよ」

じゃあ安心だね、と言って、トーリは爺ちゃんの隣にとんでいった。すると爺ちゃんは、「大バカ者だな、お前は。ワシの言葉が嘘かもしれぬとは思わんのか。油断させて近くに来させて、バクリと食いつく算段かもしれんのに…」と、怖い声で言った。

正直なところ、その危険性をトーリが知らないわけではなかった。だって、もっとトーリが小さかった頃、目の前で実際に爺ちゃんが、トーリみたいな子供をバクリと食うのを見たことがあったから。でも、今の爺ちゃんは、恐ろしい言葉とは裏腹に、皺だらけの顔が笑っているから大丈夫だと、トーリにはわかっていた。

そこで、トーリは、自分が今朝気づいたことを、誇らしげに爺ちゃんに報告した。

「ねえ爺ちゃん、秋が来ているって知ってる？　トーリわかっちゃったよ。空気がキインとしてきて、呑み込むとお腹がキュンと冷たくなるんだよ」

爺ちゃんは、それを聞くと、首をすくめて溜め息交じりに言った。

「まったく、な～にがそんなに嬉しいんだか。秋が来れば次は冬だろ。水は凍るし日向は減るし、ワシはますます動けなくなる。ただただ、じいっと死んだように春が来るまで眠るだけになる。あまり楽しくはないのう。お前にも会えなくなるしなあ」

トーリは、爺ちゃんが愚痴っぽいのには慣れっこだったので、構わずに自分の話を続けた。

「ねえ、暑い頃にいっぱいいたトリ達の数が減っているよ。秋になると、今度は違うトリ達がここにやって来るんでしょ？　そいつらの名前、また教えてよ」

「お前はトリが好きだのう。自分の仲間だと思っているからか？」

「うん。爺ちゃんが、僕もトリの端くれだって教えてくれたんじゃないか。僕は水に棲むトリなんでしょ。泳ぎはできるけど、空は飛べない。本当をいうと、僕、空が飛べるトリならよかった」

「つまり、お前は飛ぶトリに憧れているというわけか」

爺ちゃんがそう言った時だった。

ギョーンギョン、キチキチキチキチッと、甲高い鳴き声が水面に響き渡って、一羽の長い尻尾を持ったトリが、トーリらの頭上を越えて森の方に飛んでいった。茶色と灰色をした綺麗なトリだった。

トーリは、興奮して叫んだ。

「爺ちゃん、あれ何？　あれは何ていうトリ？」

爺ちゃんは、トロンとした目を見開いて、そのトリの正体を見定めると、説明付きで教えてくれた。

「あれはモズだな。百の舌を持つと言われているトリじゃ。なんでそう言われるかというと、他のトリの声を上手に真似るからだ。コジュケイとかメジロとか、そっくりに真似て鳴くのだよ」

「モズ、かあ。トリらしいトリだね。いいなあ」

トーリは心からそう言ったのだったが、爺ちゃんは、そんなトーリに少し苦々しい声で言った。

「あれには近づかん方がよいぞ。あれはトリを喰うからな。お前が憧れるトリ共は、見た目は良くても結構怖いぞ。ああやって、尻尾をくるくる回しながら、獲物を探しているんだよ」

トーリもそれくらいは知っていた。トリの中には、トリを喰うものもいる。でも、それは当たり前のことではないか。そう言う爺ちゃんだって、気が向けばトリくらい食うだろうに、と思った。

トーリは、白く大きく美しいトリ（後で爺ちゃんから、それはサギだと教えてもらった）が、魚を器用に丸呑みするのを見たこともあるし、黒くがっしりしたトリ（これはカラスというそうで、年中見かけるトリだった）が、ザリガニを喰うのを見たこともあった。ザリガニは必死でハサミを振り上げて抵抗していたが、カラスは爪でザリガニを動けなくしてから、太く鋭いクチバシで、その殻を容易く穿ち、中の肉を美味そうについばんだのだった。トーリはその一部始終を、水草の陰から見ていた。恐ろしい光景であるのに、どうしても目が離せなかった。ああ、すごいなあ、すごいなあ、と、その言葉しか出てこなかった。

美しくて恐ろしいトリ達。曲がりなりにもその末席に連なる自分とは全然違う。自分にできることは、ただ彼らを仰ぎ見ることだけ…。

トーリは思った。そう、仰ぎ見ている、と。自分はこの沼からトリを、空を毎日仰ぎ見ている。それが、自分の知る景色の全てだから。もしも自分が空を飛ぶトリであったなら、まったく逆に、空から沼を見下ろす景色が見られただろうに、と。

ああ、それは一体どんな景色なのだろうか…。

秋は日毎に深まっていった。森のカラスウリの朱色は濃さを増して、秋の野花は、次々と咲いては散るを繰り返していた。そう遠くないうちに、水面に薄氷が張り始め、沼は一年で一番静かな季節を迎えるのだと、トーリにはわかっていた。この頃は、爺ちゃんは甲羅に首を突っ込んだきり、一層動かなくなってしまった。トーリが遊びに行っても、ウンともスンとも言わないので、爺ちゃんが死んでしまったのではないかと、トーリは心配になるほどだった。

その日、トーリはまた爺ちゃんのところに行って、ちゃんと食べているかと尋ねた。

「ねえ、爺ちゃん。もっとちゃんと食べないと、この冬は越せないよ」

トーリが怒ったように言うと、爺ちゃんは、眠そうに、「大丈夫。時々は、流れてくる藻を食べてるよ」と答えた。

「そんなんじゃダメだよ。トーリが、もっとちゃんとした食べ物を探してきてあげる。ちょっと待っててね」

トーリはそう言って、沼の深みに向かって泳ぎ出した。

と、その時――――。

キチキチキチッと、頭上で大きな鳴き声がした、と思った瞬間、トーリの体は宙に浮いていた。腹に何かが喰い込んで、身動き一つ出来ないし、これまで経験したことがないほどに、風がビュンビュン全身を打ち付けた。一体何が起こったのか、トーリは痛みと戸惑いとで、空中で手足をばたつかせた。

だが、視界に飛び込んできた景色に、トーリは目を見開いて動きを止めた。生まれてこの方見続けてきた景色とは、まるで異なる景色が眼下に広がっていた。景色とはいつも下から見上げるものであったのに、今はどうだ。はるか下に、さっきまで世界の全てであった沼が在った。トーリのミズオオバコの茂みの家も、枯れてしまったシラヒゲソウの群れも、まだ名前を教わっていない水草達も…。あんなに大きいと思えた沼が、端から端までよく見えた。そしてその中に…。

ああ、あれは爺ちゃんだ。トーリの方に精一杯首を伸ばして何か叫んでいる。あんな爺ちゃん、初めて見た。なんだ、爺ちゃんて、いつも不愛想だけど、あんな慌てた顔もするんだなあ…。

ギョンギョン、ギョーン！

モズが高く鳴いた。速度と高度がぐんと増す。もう爺ちゃんは見えなくなった。トーリの全世界だった沼も、実は本当の世界のごくごく一部で、その周りには途方もなく広大な景色が広がっていたことを、トーリは痛いほど実感した。

初めてトリの目で世界が視えた。薄れていく意識の中で、トーリは不思議な満足感に包まれていた。最期まで瞳は閉じまい。最後の最後まで、もっと高く、まだまだ高く、夢見ていた景色を自分に見せてくれ。あの高い森の大木の、一番高い枝のてっぺんまで行ってくれ。そして、やっと見られたこの景色を、この双眼に焼き付けながら逝けるよう、モズが、自分の体を仰向けに突き刺してくれますようにと、トーリは願った。

晩秋の空は、どこまでも、どこまでも青かった。

注　田鶏《たどり》＝蛙

著者プロフィール

守宮 槐（もりみや えんじゅ）

長野県生まれ

O型、水瓶座

会社勤務、塾講師、行政書士、不動産会社経営等を経て、

現在はフリー

生粋の動物好き

鬼の萬年堂奇譚 ～ヤスケと栄～

2025年1月15日　初版第1刷発行

著　者　守宮 槐

発行者　瓜谷 綱延

発行所　株式会社文芸社

〒160-0022　東京都新宿区新宿1－10－1

電話　03-5369-3060（代表）

03-5369-2299（販売）

印刷所　株式会社暁印刷

ISBN978-4-286-25954-3